W0333148

Mariam Suárez

Diagnóstico: cáncer

Mi lucha por la vida

Prólogo de Adolfo Suárez

Galaxia Gutenberg
Círculo de Lectores

Décima edición
Barcelona, 2000

Prólogo

«El amor y la experiencia del dolor»

por Adolfo Suárez

Mi hija Mariam ha querido relatar en las páginas de este libro las impresiones más duras y difíciles que ha debido soportar, desde la vivencia, profunda y al límite, de una situación extrema: la situación vital de una enferma de uno de los más graves tipos de cáncer. Pienso que ha querido, sobre todo, describir la honda experiencia humana que ha adquirido al sufrir esa penosa situación durante años –y aún hoy– con el ánimo levantado y entero.

Hablar de «situación vital» con referencia a cualquier enfermedad grave, y especialmente respecto al cáncer, puede parecer una contradicción insalvable, una paradoja sin sentido o un triste juego de palabras. Hasta hace muy poco tiempo el cáncer ha sido considerado como uno de los más graves males del siglo XX. Estaba rodeado, además, de una siniestra aureola de incurabilidad que lo hacía aún más perverso y dañino, al privar al enfermo de toda esperanza desde el inicio de la enfermedad. Era, en opinión general, junto a las enfermedades coronarias y los accidentes de tráfico y carretera, una de las causas principales de fallecimiento de los más jóvenes. Constituía, pues, la esencia misma de la negación de la vida. Y, sin embargo, puede y debe considerarse también como una «situación vital».

La vida humana se desarrolla siempre bajo presión, y el vivir bajo presión es inevitable. Esa presión nos sobreviene de múltiples formas: catástrofes naturales, guerras, violencias, injusticias y, con mayor frecuencia, graves y duras enfermedades que roen la salud de los seres humanos y parecen arrojarlos fuera de la vida.

La enfermedad es, por tanto, una situación vital en muchos casos extenuante. El dolor y el sufrimiento que traen consigo constituyen un tema universal que acompaña al ser humano a lo largo y a lo ancho de la historia. Ningún hombre, ninguna mujer escapa a la experiencia del dolor. Pero, además, una enfermedad grave como el cáncer constituye un factor determinante de la propia vida que obliga a quien la padece a una lucha por la vida en muchos casos extrema. En esa áspera y continua lucha, la voluntad de vivir del ser humano alcanza, cualesquiera que sean los resultados, su más rotunda afirmación.

Víctor Frankl, uno de los más ilustres psiquiatras de nuestra época, ha dicho en ocasión reciente: «Vivir es sufrimiento, sobrevivir es encontrar sentido al sufrimiento». Creo que en esa lucha por la vida que el enfermo entabla –debe entablar– con su enfermedad es en donde mejor puede encontrarse ese «sentido».

Pienso que el libro de Mariam, en la medida en que he podido tener conocimiento de él en su gestación, a través de las conversaciones con mi hija y, al final, por la lectura del borrador, ofrece un testimonio humano impresionante, por su realismo y su ánimo, de esa lucha contra la enfermedad y de esa búsqueda del sentido del dolor y el sufrimiento que nos permite sobrevivir. Porque Mariam –como mi mujer Amparo, también golpeada duramente por la misma enfermedad, como tantos otros enfermos que, día a día, se enfrentan valientemente contra el cáncer– ha sobrevivido y está sobreviviendo, y de esa lucha –estoy seguro– va a salir triunfante.

Mariam ha podido contar, en nuestra propia casa, con el ejemplo admirable que de esa lucha y de esa búsqueda nos ha estado dando Amparo. Ella también cayó enferma de cáncer y desplegó todas sus energías contra la enfermedad. Toda mi familia formamos un solo cuerpo con Amparo en la resistencia al dolor y al sufrimiento y en la superación de todas las graves incidencias del mal desde la esperanza de la mejoría y la recuperación. Amparo nos ha alentado cada día, ha estimulado nuestras fuerzas, empleando para ello hasta el sentido del humor. No ha permitido jamás que cayéramos en el desánimo. Aún hoy, en las dificilísimas circunstancias por las que atraviesa sigue siendo igual: dando esperanza y aliento a todos. De ese aliento Mariam aprendió mucho.

Conociéndola y queriéndola –como yo conozco y quiero a mi hija–, sé que en su relato no puede haber el menor atisbo de introspección malsana o de autocomplacencia por todo lo que ha luchado y conseguido, algo de lo que puede estar legítimamente orgullosa. Es el más entrañable sentimiento de solidaridad con quienes sufren su misma enfermedad el que ha guiado su pluma. Es ella misma la que, en este libro, se ofrece a los demás y quiere prestarles buena parte de su ánimo y de su valor y resistencia, y transmitirles sus propias experiencias en la dura lucha en la que se ha visto envuelta cuando todo le sonreía en la vida.

A este esfuerzo, que me parece ejemplar, yo apenas puedo aportar nada. Sólo, siguiendo sus pasos, explicar lo más sincera y llanamente posible, en la brevedad de estas palabras, mis propios sentimientos y actitudes ante la enfermedad de mi hija. Sentimientos y actitudes en los que me ha acompañado toda mi familia, un buen puñado de amigos y la discreción y comprensión de todos, empezando por los medios de comunicación. No puedo ser objetivo en esta explicación porque ha sido lo más hondo de mi propio ser lo que se ha visto envuelto en ella. Creo, sin embargo, que la pasión, el dolor y el sufrimiento que he experimentado no nublan cuatro reflexiones fundamentales.

En un primer momento mi reacción ante la enfermedad de Mariam y Amparo fue de un intenso y profundísimo dolor. No podía ser de otro modo. En estos difíciles y duros trances es cuando se descubre la inmensidad del amor que se profesa a la persona enferma, y ese amor es la medida del dolor. En la vida normal, se sabe por supuesto que a esa persona se la quiere. Lo que no se sabe es *cuánto* se la quiere. Los quehaceres diarios parecen ocultar la profundidad del cariño. Sólo se alcanza a divisarlo y a sentirlo en ocasiones cruciales, como esta de la enfermedad grave.

Más tarde –¿por qué no confesarlo?– tuve momentos de auténtica desesperanza. Esas frases manidas, torpes y tópicas que, en estos casos, constituyen un lugar común, las sentí de una forma avasalladora e hiriente. ¿Por qué a ellas? ¿Por qué a nosotros? ¿Qué han hecho ellas? ¿Qué hemos hecho nosotros? Eran el tributo lógico de la egolatría instintiva. Pienso que no es grave si no se quiere prolongar ese estadio más allá de lo conveniente. Basta volver la cabeza para encontrar la respuesta adecuada a esas preguntas. Los otros que sufren, los demás que sufren, ¿por qué sufren? ¿Qué han hecho que merezcan el sufrimiento que padecen? Es el dolor lo que más directamente nos lleva a la solidaridad y debo afirmar que pocas veces he sentido la solidaridad como en este caso.

Superadas las primeras reacciones se abre un segundo momento presidido por la firme voluntad de asumir la lucha contra la enfermedad. Es entonces cuando se constituye una especie de patrimonio común de medios, voluntades, anhelos y esfuerzos con el exclusivo fin de combatirla. No hablo sólo de medios materiales. Sin duda son importantes, pero no lo son todo. Están también los medios espirituales: los deseos de la gente, el afecto que demuestran hacia ti, hacia ella, la oración propia y la de los demás. Como católico practicante creo en el poder de la oración y lo he sentido. No se trata de la petición del milagro –que, a veces, sin embargo, se solicita–; se trata de saber que Dios te escucha y que te escucha con un amor y una atención infinita; se trata de tener la clara consciencia de que Dios no envía el mal ni la enfermedad, aunque se sirva de ellos para probar al ser humano; se trata de confiar, de esperar contra toda esperanza, porque se cree en Alguien que está por encima de ti y que te ama. Comprendo que no todos profesan las creencias que a mí me sostienen en la vida, pero hablo sólo de mis propios sentimientos y desde el respeto más absoluto a las creencias de los demás.

Desde esa disponibilidad y esa confianza, en el cuidado de la enfermedad de Amparo y de Mariam, junto su marido, Fernando, junto a sus hijos, junto a sus hermanos, y con todos los médicos y personal sanitario que están atendiéndolas, aprendí una nueva sensibilidad. De alguna manera existe una especie de comunicación, de comunión, entre el enfermo y quienes le cuidan. Y esta comunión se produce en dos sentidos. La carga que es la enfermedad se transfiere a quienes cuidan del enfermo y la salud y el ánimo de aquéllos se transmite también a éste. Por eso creo que quienes prestan sus cuidados a un enfermo no curan si no les mueve un sentimiento de amor, de afecto, de cariño. Quiero dejar aquí constancia de mi agradecimiento más profundo a todos los médicos y personal sanitario de la Clínica Universitaria de Navarra, de quienes aprendí especialmente esta lección.

Por último, quiero expresar la admiración que he sentido y siento no sólo hacia el esfuerzo de Mariam en su lucha contra la enfermedad, sino porque, como parte esencial de esa lucha, ha querido –y lo ha conseguido en gran parte– hacer compatible su mal con lo que llamamos «vida normal». Ella ha seguido actuando como madre, como esposa, como mujer y como ser humano activo, a pesar de las operaciones y de las pruebas que ha debido asumir. No ha abandonado su trabajo, ni la vida social que hasta su enfermedad había desarrollado. Las operaciones, las curas, los posoperatorios, los ha tratado como incidentes que hay que atender dentro de una vida normal, sin abandonarse jamás a ellos, sin darse tregua vital.

He tratado de expresar mis sentimientos ante la enfermedad de mi mujer y de mi hija Mariam. No sé si lo he conseguido. Para mí el hacerlo ha supuesto una tarea dura y penosa, pero era algo que debía a mi hija. Siempre he tratado de aprender de los demás, pero la sabiduría humana que he aprendido de mi mujer y de mi hija, de su valor, de su resistencia, de su ánimo, ha sido la mayor lección vital que he recibido. Sólo puedo terminar estas líneas expresando a Amparo y a Mariam mi cariño, mi admiración y mi gratitud.

Diagnóstico: cáncer

Dedico este libro a mi «grupo de apoyo» y al doctor Brugarolas, porque estoy segura de que sin ellos esta historia hubiera sido muy diferente. Desde aquí quiero daros las gracias por vuestros desvelos, vuestras mentiras piadosas, vuestras puestas en escena, vuestro sentido del humor, vuestro ánimo, vuestra fuerza y coraje y, sobre todo, por el cariño y el amor que siempre me transmitisteis.

¡Me han tocado días de aflicción!

(Job 30: 27)

¿Por qué este libro?

Lo último que se me hubiera podido ocurrir era que iba a escribir un libro. Mucho menos hubiera podido imaginar el tema que iba a tratar. Quizá sea un poco pretencioso calificar estas páginas de «libro». Evidentemente no soy la primera persona –ni desgraciadamente la última– a la que se le ha diagnosticado un cáncer, pero espero que mi experiencia ayude a otras a superar ese infortunio o, al menos, a llevar su cruz de la mejor manera posible.

Hace algunos años un diagnóstico como el mío significaba una sentencia de muerte lenta y desgarradora. Hoy en día, gracias a Dios y a la investigación, las cosas han cambiado mucho. Sufrir un cáncer es una experiencia dolorosa, pero no siempre ha de convertirse en la última experiencia.

A medida que pasaba el tiempo desde que me diagnosticaron la enfermedad, y sobre todo a raíz de una entrevista que concedí a la revista

¡Hola!, me di cuenta de que no todos los pacientes podían hablar de su padecimiento. Sé que muy pocas personas son capaces de hacerlo, porque solamente hablar del tema les pone enfermos. Lo único que quieren es olvidar. Entonces pensé que los que podemos hablar del cáncer debemos hacerlo, porque eso realmente ayuda a los demás.

A partir de la publicación de aquella entrevista en España, y más tarde en una revista médica estadounidense, muchos enfermos y sus familiares me llamaban simplemente para conversar, y luego me aseguraban que se sentían mucho mejor. Yo experimentaba lo mismo. Cuando visito las habitaciones de los enfermos que así me lo piden, el simple hecho de charlar nos ayuda a todos.

En el fondo es una autoterapia, porque sentimos que estamos haciendo algo útil, algo que vale la pena. Me llamaban de los hospitales, de las clínicas y, según me contaron, gracias a aquella entrevista en *¡Hola!*, las mamografías en varios centros radiológicos se multiplicaron por mil. También he recibido unas cartas preciosas, que agradezco muchísimo, algunas de las cuales me han hecho llorar.

Y todo eso me animó a escribir estas páginas con la intención de plasmar mi experiencia personal, con la esperanza de poder ayudar a otras personas que están pasando por una situación parecida. En ningún momento he pretendido sentar cátedra sobre nada, sólo he intentado describir los tratamientos a los que me he visto sometida, cómo han sido, qué he sentido en cada ocasión, alternándolo con la sucesión de anécdotas que han tenido lugar a lo largo de este vía crucis.

Como escribió una vez mi buena amiga, Carmen Sánchez: «Ésta es una historia de muchas ilusiones con pocas esperanzas (al menos al principio), de muchísimo optimismo con muy pocos motivos para mantenerlo, de mucha fuerza de voluntad y de muchas ganas de vivir».

¡Ojalá estas páginas puedan demostrar que siempre merece la pena luchar!

I

Incendio en el castillo de Windsor: primer síntoma

Todo comenzó en noviembre de 1992. Yo tenía veintinueve años. Mi vida era perfecta, lo tenía todo: unos padres fantásticos, un marido maravilloso, y una hija adorable a punto de cumplir tres años, Alejandra. Los quería, y ellos me querían a mí. Y para colmar tanta felicidad, estaba en mi segundo embarazo, esperando mellizos. Era una privilegiada.

Sin embargo, siempre supe que el cáncer estaba ahí, oculto, latente. De hecho, mi abuela materna, Amparo, a la que adoraba, había fallecido de esa enfermedad cuando yo tenía solamente doce años. Pero yo era tan feliz que, a pesar de ser absolutamente consciente de aquel antecedente, nunca imaginé que mi mundo pudiera dar un giro completo tan bruscamente. Por otra parte, siempre pensamos que «eso» es algo que le pasa a la gente mayor, a los demás, nunca a nosotros.

Así las cosas, en ese ambiente de felicidad, decidimos emprender un viaje. A mediados de noviembre de 1992, mis padres, mi marido y yo fuimos unos días a Londres. En el coche, durante el trayecto desde el aeropuerto a la ciudad, noté por primera vez un bulto en el pecho que, en ese momento, ya tenía un diámetro de aproximadamente cinco centímetros. Al principio no quise darle mayor importancia, pues supuse que se debía a los cambios lógicos producidos por mi embarazo, que ya estaba en su tercer mes.

Recuerdo muy bien aquel día, porque se estaba quemando el castillo de Windsor, y yo me había quedado sola en la habitación del hotel mientras mis padres iban a visitar a unos amigos en el sur de Inglaterra. Se me antojó que aquel incendio era un mal presagio. Era como si yo también tuviera un pequeño incendio en el pecho derecho. Estaba deseando que mis padres regresaran, se estaba quemando el castillo y yo necesitaba contarle a alguien lo de aquel bulto.

Más tarde se lo comenté a Fer, mi marido. «¿Bultos?», me dijo. «No tienes bultos hasta el lunes.» Faltaban cuatro días para el lunes, fecha de nuestro regreso a España, y en esos cuatro días no podíamos hacer absolutamente nada. Decidí que se lo comentaría a mi ginecóloga en la próxima visita.

Tres semanas después fui a verla, y me tranquilizó diciéndome que no era nada, que este tipo de quiste era muy frecuente durante el embarazo. Mi embarazo se había ido complicando desde el principio. Tuve pérdidas, permanecí en reposo unos días, estuve ingresada tres días con suero de vitamina B en vena a causa de los incesantes vómitos –devolvía doce o trece veces al día–, y finalmente acabé perdiendo a uno de los mellizos que esperaba.

Transcurrió el tiempo, los análisis a los que me sometía con periodicidad eran totalmente normales y, por fin, todo parecía ir sobre ruedas. Pero de pronto, empecé a sentir en la zona del bulto unos pinchazos cada vez más molestos, a tal punto que por las noches el dolor me despertaba. Al mismo tiempo, «aquello» aumentaba de tamaño de forma espectacular y empecé a preocuparme seriamente. Aquello creció y creció hasta llegar a ser tan llamativo como un puño, de manera que, si me ponía un jersey, en vez de dos tenía tres bultos.

De vuelta en la consulta de la ginecóloga, ya en el mes de enero de 1993, insistí en que aquello estaba creciendo desmesuradamente, pero me volvieron a decir que no era nada, que era una mama densa por el embarazo. Entonces la ginecóloga soltó una frase que se me quedó grabada, porque me pareció muy ordinaria, al menos en boca de una profesional, y más aún en el ámbito de una consulta. «Me he pasado los diez primeros años de mi carrera tocando tetas», dijo. Aquella manera de decir las cosas no me gustó mucho, me sonó poco profesional. Y entonces añadió: «Me he pasado la vida pinchándolas, y sé que no es nada. Si tuviera alguna duda, te hubiera hecho una punción y ya está».

Desde luego, trataba de tranquilizarme y aunque yo confiaba mucho en su experiencia, pues con ella había tenido a Alejandra, seguí insistiendo. Entonces me dijo que ya podíamos intentar hacer una mamografía con protección abdominal –una especie de delantal– para evitar que la radiación afectara al feto.

No me alarmé demasiado porque vi a mi ginecóloga muy segura y tranquila. Pero esa misma semana, un día que estaba en la calle, de compras con mi madre, experimenté una especie de ahogo, sentí que me faltaba la respiración. Asustada, se lo comenté a mi ginecóloga por teléfono y me indicó que nuestro médico de cabecera me hiciera un electrocardiograma. Pero, siempre tranquilizándome, en ningún momento me transmitió una sensación de urgencia. Más bien al contrario, su tono de voz sugería que me lo tomara con calma.

Siguiendo sus instrucciones, llamé al doctor Emilio Vera, nuestro médico de toda la vida. Tan «de toda la vida» que tengo fotos donde aparecen él y mi padre con pantalones cortos en la catedral de Ávila. Le conté lo que sucedía y quedó en venir a verme a casa al día siguiente, el viernes 22 de enero de 1993.

Esa tarde, cuando empecé a desnudarme para que me colocara los cables y los parches, me vio el bulto y le cambió la expresión del semblante. Enseguida me preguntó si mi ginecóloga lo había examinado. Le respondí que sí, y que me había dicho que pidiera hora tranquilamente, sin prisas, para hacerme una mamografía. Emilio insistió en que antes de salir de viaje –iba a pasar el fin de semana en Marbella– confirmase una cita para el lunes siguiente en la consulta del doctor Pedrosa y del doctor Madrigal. Así lo hice.

Me quedé preocupada por su reacción. Emilio nunca ha sido un médico alarmista. Pero cuando vio el bulto se puso pálido. Lo cual me asustó más aún. Ese fin de semana le comenté a mi marido:

–Fer, por favor, si este bulto resulta ser «malo», quiero saberlo.

–¡Qué pesada eres! No va a ser malo, ya verás como no es nada.

–Insisto, no quiero que me ocultes nada.

–¡Cómo va a ser malo si te lo ha visto la ginecóloga un montón de veces!

Nosotros confiábamos plenamente en ella. Pero aún así, yo estaba entre dos aguas. Dudaba. «Puede que sea malo», cavilaba; pero al mismo tiempo me decía: «¡Qué tontería, es imposible!». En fin, que no pensé en otra cosa durante los dos días que estuvimos fuera.

El lunes 25 de enero de 1993, fecha del tercer cumpleaños de Alejandra, acudí con mi madre, en Madrid, al centro de radiología de los doctores Pedrosa y Madrigal, ambos amigos de la familia. Me propusieron empezar con una ecografía para que el feto no recibiera radiaciones y que, sólo en caso de duda, procederían a realizar una mamografía. Todavía hoy me pregunto por qué mi ginecóloga no me hizo una ecografía en el primer momento, ya que tenía el aparato en su consulta y me realizaba una abdominal todos los meses.

Estuve de acuerdo, y nada más empezar, noté que algo iba mal: los médicos me dijeron que era una mama muy densa por el embarazo y que no se veía bien, recomendándome la mamografía. Pero la expresión de sus rostros, a pesar del esfuerzo que hacían, no era la de siempre.

Me metieron en la habitación donde estaba el aparato para hacer la mamografía. Era la primera vez que me hacían una radiografía de mama. El rato que pasé sola en aquel pequeño cuarto, repitiendo placas, no se lo deseo ni a mi peor enemigo. Temblaba de los nervios, incluso tuve que reprimir el llanto. En mis adentros, sabía que algo iba mal, pero al mismo tiempo me decía: «Es imposible, tal vez repitan las placas porque se han velado».

Me sentía sola y aterrorizada. Cuando salí, estaba tan nerviosa que mi madre, al verme, empezó a preocuparse. Para empeorar las cosas, los médicos, que estaban haciendo el informe, tardaban en salir del despacho. «Mamá, ¿esto va mal, eh?», comenté. Porque no era normal que tardaran tanto en redactar un simple informe.

Mi madre en ningún momento se había planteado que a mí pudiera pasarme algo así, pues ella llevaba toda la vida preparándose para tener un cáncer debido a que mi abuela había muerto de esa enfermedad. Había fallecido a causa de un cáncer de mama que se había extendido al hígado. De pequeña, yo solía acompañarla a darse la bomba de cobalto, que era como radiarse ahora, pero más agresivo. Aquella bomba de cobalto me impresionaba mucho. No sólo mi abuela materna, sino también todas sus hermanas habían muerto víctimas del cáncer. Así que lógicamente mi madre estaba sumida en la preocupación por este asunto, una forma de obsesión que se llama cancrofobia.

De todas maneras, ella trató de tranquilizarme. Finalmente salieron los médicos, y me dieron un sobre cerrado con un informe médico dirigido al doctor Vera. Lo abrí nada más subir al coche. Pero no entendía nada. Aparte de la típica letra garabateada de los médicos, usaban muchos términos técnicos cuyo significado yo ignoraba. Por más que lo escudriñaba era imposible resolver aquel rompecabezas, era como intentar descifrar un papiro egipcio salpicado de jeroglíficos. Pero un papiro mucho más largo de lo normal. Más de un folio de informe. Y eso, sumado a aquel lenguaje tan ambigüo, tan indescifrable, me alarmó más todavía.

Mientras nos dirigíamos con el coche a la casa de mis padres, los médicos habían hablado por teléfono con Emilio Vera, quien a su vez se puso en contacto con mi padre para recomendarle operarme al día siguiente y hacer una biopsia lo antes posible.

A las nueve de la noche, cuando dejé a mi madre en su casa, mi padre estaba esperándonos en la entrada. Eso tampoco era normal, que él estuviera fuera, en la calle, esperándonos. Entonces me contó su conversación con Emilio Vera y, con la mayor suavidad posible, me informó sobre la operación del día siguiente.

–Mariam, tranquila, no pasa nada, pero creen que es mejor quitarlo.

Yo exclamé:

–¡Huy, qué mala cosa!

Entré en casa, llamé a la ginecóloga, le conté lo sucedido y quedamos a las ocho de la mañana en su clínica para la intervención. Mi padre y el doctor Vera lo habían organizado todo para realizar la operación en su hospital, pero a pesar de la oposición de mi padre, decidí que estaría más tranquila si me operaba mi ginecóloga en una clínica más pequeña y en donde ya había dado a luz a mi hija Alejandra tres años antes.

Aquel parto no había sido nada fácil. A decir verdad, yo nunca he roto aguas. De hecho, durante el embarazo de Alejandra, sufrí una calcificación de placenta, que es una cosa poco habitual, cuya causa nadie conoce a ciencia cierta, y que lo mismo la padecen mujeres fumadoras que no fumadoras. Esto lo digo porque en casa todos decían que era por culpa del tabaco.

En cualquier caso, cuando estaba de ocho meses, aparecieron en la pantalla del ecógrafo unas manchitas blancas. La ginecóloga descubrió que se estaba calcificando la placenta. Una semana después, la pantalla estaba completamente blanca. Alejandra salió toda arañada, pero sana y salva gracias a mi ginecóloga. Por eso yo confiaba tanto en ella y en aquella clínica de maternidad donde ya conocía a la monja de turno y a las enfermeras. De modo que yo iría con mi ginecóloga hasta el fin del mundo, a pesar de que en mi familia había cierta oposición.

Aquella noche, en vísperas de la operación del pecho, estuve bastante nerviosa. Tenía miedo, pero conseguí dormir. A las ocho y media de la mañana siguiente, martes 26 de enero de 1993, ingresé, y dos horas después desperté de la anestesia. Estaba un poco allí, y otro poco allá. Y, aun atontada, quería saber qué había pasado. Poco a poco, y aterrada, pensé que si el pecho seguía allí todo podía quedarse en un susto, gordo, pero sólo un susto. Lentamente, presa del pánico, empecé a mover la mano izquierda hacia arriba, intentando al mismo tiempo tocar y no tocar.

Por un lado, quería saber, tenía curiosidad, pero con la esperanza de que lo que iba a conocer fuera lo que yo deseaba. Al mismo tiempo era consciente de lo que significaría tocar y no encontrar nada. Porque en aquel entonces la tendencia era a quitarlo todo y sanseacabó. Ahora son más reacios a arrasar con todo.

Todo esto sucedía a gran velocidad en el tiempo, pero en mi cabeza, todo transcurría muy despacio, como en cámara lenta. Por fin venció la curiosidad, no la valentía, y me decidí. Mientras mi mano avanzaba, los latidos de mi corazón aumentaban y noté cómo el volumen de las sístoles y las diástoles crecía invadiendo la habitación.

Encontré lo que buscaba: mi pecho seguía allí, al menos una parte. En ese momento experimenté una sensación de alivio y, en mi atontamiento, mi corazón recuperó su ritmo al tiempo que yo me relajaba. Yo todavía creía que mi mundo maravilloso tenía la posibilidad de sobrevivir. Para mis adentros sabía que mi tranquilidad no era definitiva, pero, en aquel momento, un poco de autoengaño me ayudaba a respirar hondo.

Más tarde me comunicaron que los resultados de la biopsia tardarían entre 48 y 72 horas. Pasé el resto del día bastante adormilada, ya que la herida no me molestaba en absoluto y el efecto de la anestesia tardaba en desaparecer.

El día siguiente lo pasé preguntando por los resultados, y al ver que transcurrían las horas sin que nadie me dijera nada, empecé a sospechar que iba a pasar lo que más temía. Allí había gato encerrado. Todo tardaba demasiado. Mi padre empezó a comentar sin parar que había establecimientos especializados a los que podríamos acudir inmediatamente en caso de que pasara lo peor. «Eso no sería un problema», insistía.

Yo rumiaba: «¡Qué manía le ha dado de decirme que me va a llevar al mejor sitio! Eso significa que ya saben algo».

Intentando convencerme a mí misma de que, fuera lo que fuese, sería benigno, transcurrieron las horas y la habitación cada vez me parecía más pequeña y oscura. Ya por la tarde, mi marido se ausentó unas horas pretextando que iba a visitar a su padre, también enfermo. Me trajeron la cena y, cuando estaba a la mitad, Fer reapareció y entró en la habitación. Colgó su abrigo en el armario y me dijo que quería hablar conmigo. Se sentó al borde la cama, me cogió la mano y con los ojos enrojecidos, sin preámbulos, me comunicó que el tumor era maligno.

Fue un momento de emoción para todos los que estábamos allí, y yo no paraba de repetir para mis adentros: «¡Me ha tocado, me ha tocado!». Al mismo tiempo noté que unas lágrimas resbalaban por mis mejillas. No era un llanto histérico, simplemente unos lagrimones. Para sorpresa mía, y de los demás, fueron sólo unas pocas lágrimas. Enseguida dejé de llorar.

Los resultados de la biopsia eran claros: el tumor pertenecía al grupo de los más peligrosos, era del tamaño de una pastilla de jabón, un T4, inflamatorio, que medía 10 × 7 × 3 centímetros, y que pesaba 200 gramos. Pero yo no lo sabía. No me dijeron nada. Sólo sabía que era malo, nada más. Y era un caso rarísimo en aquella época (ahora ya es más frecuente) puesto que, según las estadísticas, las posibilidades de que una embarazada de veintinueve años tuviera cáncer eran de una entre diecisiete mil aproximadamente.

Sentado al borde de mi cama, Fer me miraba cogiéndome la mano. «Hay que hacer un tratamiento, hay que pensar en buscar médicos.» La expresión de su rostro derramaba amor, sentí que me adoraba y fue uno de esos momentos en que realmente fuimos uno. Sin palabras me transmitió todo lo que yo necesitaba saber: él estaría siempre allí, apoyándome y sufriendo conmigo. Fue un instante breve pero muy intenso, del que siempre guardaré un dulce recuerdo.

Inmediatamente, todos los que estaban en la habitación quisieron mostrarme su apoyo y consiguieron que un momento tan angustioso se convirtiera en algo sereno y esperanzador. Mis padres enseguida empezaron a sugerir soluciones, una vez más me ofrecieron de lo bueno, lo mejor; y de lo mejor, lo superior.

Dentro de mi cabeza pasaban muchas cosas; una mezcla de sentimientos encontrados donde se combinaban al mismo tiempo la incredulidad total con la certeza absoluta, el miedo y la valentía, la confusión y la lucidez. Era como ir de un lado a otro dando bandazos, bandazos dentro de mí misma.

Tenía miedo. Más que miedo, terror; más que terror, pánico; pero creo que desde el principio supe que tenía y que quería luchar. Algo en lo más profundo de mí me decía que podía ganar esta batalla contra la muerte.

Casi sin darme tiempo a pensar, mi familia empezó a ofrecerme las distintas opciones de tratamiento que ya llevaban varias horas barajando. Después de un rato de charlar y empezar a tomar decisiones, noté que a pesar de estar rodeada de gente que me quería y me ayudaba, en el fondo estaba sola. A solas con mi enfermedad. Aquello estaba dentro de mí, y supe que al final sería yo la que tendría que luchar para sacarlo de ahí. Creo que fue entonces cuando decidí que quería luchar.

Esa misma noche salí de la clínica. Nunca olvidaré la expresión en la cara de una monja que me cogió la mano cuando salí de la habitación. Estaba llorando a lágrima viva. Al final tuve que tranquilizarla. Y no sólo a la monja, pues de buenas a primeras me vi consolando a mi ginecóloga, que se puso a llorar como una Magdalena. Mientras, mi madre calmaba a una amiga suya que estaba llorando en el pasillo. Y yo me decía: «Bueno, esto es increíble, nosotras consolando a todo el mundo. Esto es el mundo al revés. ¿No deberían estar consolándonos ellas a nosotras?».

En casa de mis padres me esperaban Emilio Vera y mi hija Alejandra. Allí estaba con sus tres años recién cumplidos, recién bañada y en pijama. La encontré preciosa. Nada más verla se me hizo un nudo en la garganta y mientras la abrazaba me eché a llorar. En ese instante me invadió una profunda tristeza. «¡Dios mío!», pensaba. «¿Qué será de esta niña tan pequeña sin madre?»

Recordé muchos momentos que habíamos compartido y decidí que a partir de entonces lucharía con todas mis fuerzas para no perderme el resto. Quería llevarla al colegio, verla haciendo su primera comunión, conocer a su primer amor, y me propuse firmemente sobrevivir para acompañarla a la hora de elegir su traje de novia. Sobre todo esto último se convirtió en una idea fija, en una de mis principales fuentes de optimismo.

Más tarde, Alejandra y Emilio Vera se convertirían en dos de mis principales apoyos. Ella significaba una razón muy importante para vivir y él, además de médico y amigo, había sufrido un cáncer de lengua ocho años antes y, por lo tanto, me comprendía perfectamente, sabía qué tenía que decirme, cómo y cuándo.

También estaban mis padres, mi marido y mis hermanos. Esa misma noche, en la casa de mis padres, se celebró una cena familiar en el curso de la cual se discutió acerca del camino a seguir. El apoyo total, generoso e incondicional de mi familia se convirtió en una de mis mejores armas a la hora de enfrentarme en el campo de batalla con mi gran enemigo, esa enfermedad llamada cáncer.

Al día siguiente por la noche, después de tomar la decisión de tratarme en el hospital de Pamplona –mi hermano Adolfo había pasado toda la mañana haciendo los preparativos para nuestra llegada–, llegué a la Clínica Universitaria de Navarra donde me puse en manos del doctor Guillermo López, jefe del Departamento de Ginecología, quien me recibió con una enfermera muy graciosa llamada Josefina.

Aparte de ser la jefa de las enfermeras, Josefina era toda una institución en aquella clínica, en la que trabajaba desde su fundación. Además de ser uno de los mejores hospitales de España, se trata de una clínica con normas muy severas, donde todas las enfermeras llevan un uniforme perfecto y la atmósfera que se respira es tan absolutamente profesional que me llenó de confianza. Ingresar allí es como entrar en otro mundo, todo está impecable, limpio... La sensación de seguridad al entrar en esa clínica no la he sentido en ningún otro hospital del mundo.

Sin embargo, de pronto descubrí que Josefina llevaba un llavero colgando del bolsillo. Un llavero con la cara de Tejero. «¡Qué barbaridad!», pensé yo. «Sabiendo que veníamos, esto suena a provocación.» A todo esto, yo ya estaba tumbada, y mientras el doctor y ella me examinaban, aquel llavero colgaba a la altura de mi cara, así que tuve todo el tiempo la cara de Tejero mirándome a los ojos.

Este detalle me hizo retroceder algunos años en la memoria, cuando en medio de una campaña electoral mi padre tuvo un ataque de apendicitis y tuvieron que operarlo urgentemente a la una de la madrugada. Llamaron a un anestesista que era muy bueno, pero que confesó ser de Fuerza Nueva, después de lo cual le preguntó a mi padre:

–¿Confía usted en mí después de lo que le he dicho?

Y mi padre le dijo:

–En usted no, confío en su profesionalidad.

Para mis adentros pensé lo mismo mientras veía aquel llavero de Tejero colgando ante mis ojos. Después de examinarme, con absoluta delicadeza, el doctor nos informó que habían encontrado varios ganglios y que recomendaba, para estar más seguros, intervenir quirúrgicamente cuanto antes.

Muy amable, contestó a todas mis preguntas explicándome minuciosamente en qué consistiría la operación a la que iba a someterme: una mastectomía o, lo que es igual, extirparme la mama derecha, que era la afectada. Lo hizo tan bien que me tranquilizó por completo.

Yo ardía en deseos de que me quitaran todo lo que pudiera oler a cáncer. En aquel momento no me importaba nada quedarme sin un pecho, acaso imbuida del coraje de las amazonas, que se mutilaban el seno derecho para facilitar la tensión del arco y la flecha. Sólo quedaba por decidir cuándo quería extirparlo: si al siguiente día, que era viernes 29 de enero, o el lunes.

–Lo podemos hacer mañana viernes a primera hora, o prepararlo todo para el lunes durante este fin de semana, de modo que te hagan todos los análisis y las pruebas.

–Hombre, si de verdad puedo elegir, pues... –empecé a decir.

–¡Mañana, mañana! –exclamaron mis familiares, pues querían que todo fuera muy rápido.

–Pues a mí, francamente –expliqué–, si se puede hacer lo mismo el viernes que el lunes, me gustaría disponer del fin de semana libre, porque yo me he enterado de esto hace veinticuatro horas, y necesito tiempo para asimilar toda la información que me habéis dado.

Y tras echarle una mirada a mis familiares, añadí:

–Necesito tiempo para serenarme y venir en las mejores condiciones posibles el lunes a quitármelo, si es posible...

Después de charlar un rato sobre el tema, quedamos en que me dejarían el fin de semana libre, pero con la condición de someterme a un chequeo más exhaustivo al día siguiente para ir adelantando varias pruebas y poder intervenir el lunes a primera hora.

Yo necesitaba ese fin de semana para centrarme y poder asumir todo lo que me estaba pasando. Todavía estaba convaleciente de la anterior operación, con los puntos a flor de piel. Necesitaba prepararme física y psíquicamente para enfrentarme a ello con toda confianza y con la moral lo más alta posible. Todos mis tornillos debían estar perfectamente ajustados.

Yo creía que lo peor de la etapa de información había pasado, pero ignoraba que mientras tanto, y a escondidas, mi padre había mandado todos los informes y partes de la biopsia a Houston. Mucho menos sabía que ya habían llegado desde Houston los informes dándome dieciocho días de vida porque era un tumor inflamatorio, malísimo, nada menos que un T4.

Yo entonces no lo sabía, pero existe un sistema uniforme para la clasificación de los tumores llamado TNM.

La T alude al tamaño del tumor. Por ejemplo, T0 significa que el tumor ha sido extirpado en su totalidad al realizar la biopsia necesaria para el diagnóstico. T1 indica un tumor pequeñísimo. T2, T3 y T4 designan tumores mayores y que pueden haber crecido en los tejidos de los alrededores.

La N determina el grado de extensión a los nódulos linfáticos. De modo que N0 indica que todos los nódulos cercanos al tumor están libres de enfermedad. N1, N2 y N3 indican un desarrollo de la enfermedad en los nódulos cercanos al tumor. Esto significaría que un N2 es más serio que un N1.

La M señala la presencia de metástasis. M0 significa que no hay presencia de células cancerosas en otros tejidos. M1 indica la presencia de células cancerosas en otros tejidos. Este sistema no se usa para todo tipo de tumores.

Pero yo por aquel entonces no tenía ni la más remota idea de lo que significaba toda esa nomenclatura. Era como si me hablaran en chino. Y, por supuesto, el informe de Houston jamás me lo enseñaron, ni siquiera lo mencionaron, sino hasta mucho después.

Así las cosas, flotando en la nube de mi ignorancia, me hospedé en un hotel cercano y volví al día siguiente a la clínica para hacerme una resonancia magnética completa y un montón de pruebas. Mi embarazo impedía que las pruebas se llevaran a cabo en un escáner, ya que las radiaciones podían afectar al niño que esperaba.

La máquina es una camilla que se desplaza introduciéndose en una especie de tubo. Antes de entrar, me ponían en la tripa los sueros de la quimioterapia y me pasaba dos horas allí dentro, sin salir. Así que antes de entrar en esa máquina yo empezaba mis tratos con el Espíritu Santo.

Esa primera vez que me sometieron a un estudio de resonancia, al salir de aquel tubo la cara de mi marido, que me acompañaba en todas estas exploraciones, era un poema. Todo en él indicaba a las claras que algo no iba bien. Yo no lo sabría hasta varios meses después: tenía invadidos el hígado, los pulmones y el cerebro, y no creían que superase los tres meses de vida.

Fue en ese momento cuando mi familia decidió no darme más información de la que tenía, la cual consideraban más que suficiente. No querían arrebatarme ni una sola gota más de esperanza. Desde el primer momento se formó a mi alrededor lo que los americanos llaman «grupo de apoyo». El mío estaba compuesto por mis padres, mi marido y mi hermano Adolfo. Iban conmigo a todas partes. Nunca me dejaban sola. Siempre había alguien ahí por si necesitaba algo, cuidándome, o más bien mimándome.

Así que todo estaba listo para extirparme el pecho el lunes. Yo estaba feliz, quería quitármelo todo cuando antes, eso no suponía para mí ningún *shock* psicológico. Sin embargo, esa mañana de viernes, cuando me hicieron la resonancia magnética, noté que la cara de todo el mundo cambió. Evidentemente había surgido alguna complicación que yo ignoraba. Pero en aquella época yo tenía veitinueve años, y no tenía ni la más mínima información. Resultaba muy fácil engañarme, pues no sabía nada del tema.

El doctor Guillermo López, que lo explica todo muy bien, me contó toda una película.

(Gracias por contármela de una forma tan maravillosa.) En resumen, dijo que tras analizar las pruebas realizadas opinaba que la operación ya no era necesaria, porque en la primera intervención el tumor había sido extirpado en su totalidad, con un borde quirúrgico de seguridad suficiente (me faltaba la parte superior del pecho derecho). Dijo que no había nada en esa zona, ni cambios ni nada que justificaran otra operación.

Y añadió que hoy en día ya no se quitaban las mamas, de modo que no me iban a operar, pero que, de todas maneras, se había confirmado la existencia de varios ganglios afectados y que, por lo tanto, me aconsejaba iniciar el tratamiento de quimioterapia lo antes posible. Finalmente no iba a poder disfrutar de aquel fin de semana libre que tanto necesitaba.

Entonces pregunté en qué medida podría afectar al bebé que llevaba dentro el tratamiento de quimioterapia al que iban a someterme. El doctor López me comentó que las dosis de quimioterapia serían suaves hasta que diera a luz para intensificarlas más tarde y que, por lo tanto, no afectarían al niño. Insistió en que esto no debía ser un motivo más de preocupación. Todo estaría bajo control.

Mis sospechas de que me ocultaban algo se vieron confirmadas más tarde, cuando, de manera indirecta, supe que un médico cercano, y buen médico, había visto las pruebas, de resultas de lo cual aconsejó a mi familia que me dejaran morir tranquila, que no me sometieran a tratamiento, que no me hicieran nada, que me dejaran vivir feliz y contenta lo que me quedase de vida. Mis padres se negaron rotundamente: había que intentarlo todo. Y a todas estas, yo seguía estando en la Luna.

«Tú lo único que tienes es un cáncer de pecho que ha sido cogido a tiempo», era todo lo que me decían, siguiendo instrucciones de mi padre.

Ya para entonces, todos menos yo sabían que era un tumor muy malo y agresivo. Por medio del LDH, que es un marcador tumoral, se sabe que lo normal es entre 300 y 400. Y yo tenía 2.400. O sea, una barbaridad. Pero como en vez de quitarme el resto del pecho decidieron darme quimioterapia, y encima hasta me dejaban fumar, yo estaba tan feliz y contenta. No obstante, me llamó la atención que todos tuvieran tanta prisa por quitarme el pecho y que, luego, de golpe y porrazo, cambiaran de opinión, tanto los médicos como mis familiares.

Yo no las tenía todas conmigo, y en efecto, a mis espaldas, estaban sucediendo cosas de las que no me enteraba: ese mismo día ya todos sabían que tenía metástasis en hígado, pulmón y cerebro. Estaba invadida por todos los sitios y, además, embarazada.

El doctor Antonio Brugarolas, jefe del Departamento de Oncología, fue el encargado de informarme sobre el tratamiento que iba a recibir. La idea de tratar el cáncer con productos químicos viene de los antiguos griegos. La quimioterapia, tal y como hoy la conocemos, empezó a emplearse en la década de los cuarenta. Actualmente es un tratamiento estándar que puede aplicarse, o no, junto con otras terapias como la radiación, la cirugía...

La quimioterapia, que normalmente se realiza por vía intravenosa, puede ser recomendada por diferentes motivos: para curar un cáncer determinado; para controlar el crecimiento de un tumor que no tiene cura; para controlar algunos síntomas, por ejemplo, el dolor; para reducir tumores antes de la cirugía o la radiación; para destruir metástasis microscópicas después de extirpar un tumor quirúrgicamente.

Una vez aplicada, pueden ocurrir varias cosas. Puede producirse una estabilización: es cuando el tumor ni crece ni se reduce. Esto se puede considerar como un buen resultado, pero no elimina la preocupación de que el tumor pueda empezar a crecer en cualquier momento. El tiempo de estabilización puede durar desde unos meses hasta unos años. También puede suceder que el tumor siga creciendo. Entonces, si procede, el equipo médico intentará otra terapia.

Asimismo puede ocurrir que se produzca una remisión parcial, en cuyo caso, aunque se consigue una reducción importante del tamaño, el tumor no desaparece por completo. Normalmente se continúa con el tratamiento hasta que deja de reducirse o desaparece totalmente. En estos casos, suele recurrirse a la radiación o a la cirugía para intentar matar todas las células cancerosas que puedan quedar.

También puede que se produzca una remisión completa, y entonces el tumor desaparece totalmente. Se suele seguir con el tratamiento por si hubiera más células escondidas, que todavía no hayan dado la cara, las cuales, una vez suspendido el tratamiento, podrían aprovechar la oportunidad para una recidiva o reaparición.

Algunas remisiones, especialmente las de los tumores más sensibles, pueden ser permanentes. Otras pueden durar meses, e incluso años. Por tanto, una remisión completa no es sinónimo de curación total.

A grandes rasgos, esto fue lo que el médico me explicó sobre la quimioterapia. El doctor Brugarolas es un hombre que impresiona mucho a todo el mundo, y yo acababa de conocerlo el día anterior. Todos le tienen un poco de miedo, pero yo siempre digo que Antonio es el gran desconocido de la clínica. Es un hombre maravilloso y compasivo que tiene que ver a unos noventa pacientes todos los días y darles noticias no siempre agradables, y que a pesar de no tener tiempo casi ni para respirar, tuvo la delicadeza de detenerse conmigo y explicármelo todo con calma. Es un ser humano valiente y recto y extraordinario al que nunca olvidaré y al que siempre agradeceré lo que ha hecho por mí y lo que continúa haciendo.

Me encontraba en la habitación 214, la primera que tuve en la clínica, y mientras me iba enterando de todo esto, lloraba sin parar. Cuando el doctor Brugarolas acabó aquella avalancha informativa, me serené y le pregunté mirándole fijamente:

–¿Qué posibilidades tengo?

Él me respondió sin dejar de sostenerme la mirada:

–Muchas.

En ese momento saltó una chispa y se produjo una comunicación muy especial entre nosotros, ganándose mi fe absoluta para siempre. Fue una especie de flechazo de confianza.

Su respuesta no era la verdad, obedecía a una encarecida petición de mi familia, en particular de mi padre, pero puedo asegurar que esa mentira mereció, sin duda, el calificativo de absolutamente piadosa. Tras escucharla, le dije:

–Pues vamos allá. Adelante. Enchúfame a la «quimio» ahora mismo.

Aquella mentira piadosa me ayudó enormemente a empezar a luchar con la confianza suficiente. Desde ese momento supe que me iba a curar. Tan solo tres días después de recibir la noticia en Madrid, estaba recibiendo la tan temida «quimio» en Pamplona. Todavía no sabía cuantos ciclos serían, todo dependía de mi reacción al tratamiento.

Aunque parezca imposible yo estaba animada y no paraba de repetirme a mí misma, y a todo el que quisiera escucharme, la suerte que tenía: «Es cáncer de mama y lo hemos cogido a tiempo. Mi pronóstico es magnífico».

No era verdad. Pero, como yo estaba en la inopia, conseguí convencerme de que si luchaba sería muy posible vencer. Este convencimiento me ayudó, sin duda, a enfrentarme al tratamiento con mayor serenidad.

Mi mayor preocupación era el niño que llevaba en las entrañas. Pensaba: «Dios mío, antes de ayer, por estar embarazada, no me podía tomar ni una aspirina, y ahora me van a dar quimioterapia. A este niño se lo cargan, eso está claro».

No era que yo fuera más valiente o pensara en la posibilidad de abortar, porque estoy en contra del aborto, pero en aquel momento yo no me veía a mi misma como una heroína que cede su vida por su hijo. Yo preguntaba por mi hijo no porque pensara en la posibilidad de un aborto, sino simplemente porque me interesaba saber qué le podría pasar. O sea, que si me garantizaban que al niño no le pasaba nada, me parecía fenomenal que me administraran la «quimio».

Y, en efecto, así fue. Me habían engañado en todo menos en lo referente al hecho de que al niño no le pasaría nada con la quimioterapia.

Aquella noche, cuando ingresé por primera vez en la Clínica Universitaria de Navarra, estaba francamente asustada. Me examinaron con delicadeza pero fueron duros en sus palabras y, sin embargo, en ese momento me sentía segura, sabía que ellos podían e iban ayudarme. A partir de aquel día yo siempre solía decir: «Yo sólo creo en Dios y en Brugarolas».

II

La quimioterapia: los espejos tapados

La primera vez que me dijeron que tenía que someterme a un tratamiento de quimioterapia me asusté mucho. En realidad ni siquiera sabía en qué consistía. ¿Sería una máquina, una pastilla, una operación?... Sólo sabía que tenía muy mala prensa y, según esos rumores, unos efectos devastadores.

La única imagen que me venía a la cabeza era la de una película de Julia Roberts titulada *Elegir un amor*, donde ella cuida a un chico joven, enfermo de cáncer, del que acababa enamorándose. El chico se pasaba toda la película calvo, vomitando y de color verde.

Antes de mi larga conversación con el doctor Brugarolas, ésa era toda mi «información» sobre la «quimio». O sea, una desinformación absoluta. Yo no dejaba de preguntar qué me iban a hacer, esperando aterrorizada la respuesta. Sin embargo, las palabras del médico, en vez de asustarme, me tranquilizaron: «Consiste en introducir a través de un goteo una determinada medicación». La verdad era que así explicado no parecía tan temible.

Es increíble cómo cosas que siempre nos han parecido terribles, de repente se convierten en bastante tolerables según la situación en que una se encuentre. Una vez más, pude comprobar cuán relativo es todo en este mundo. Si estás sana y te dicen que van a ponerte quimioterapia es algo horroroso, se te ponen los pelos de punta; en cambio, si estás enferma, ese mismo horror se convierte en esperanza en menos de un minuto. Es como una puerta abierta.

Así que todo es relativo. Por ejemplo, yo abría la ventana de mi habitación en el hospital, que daba justo al camino hacia la universidad. Miraba a la calle y me decía: «Se me ha parado el mundo, se me ha parado todo, mi vida solamente está en esta habitación, entre estas cuatro paredes, pero la gente ahí afuera sigue comiendo, andando, respirando, yendo a clases, los coches pasan, el autobús se detiene en la misma parada una y otra vez; todo lo demás sigue funcionando, todo menos yo, que estoy aquí encerrada, todo lo mío se ha parado, sólo lo mío se ha detenido».

Y ésa es una sensación impresionante, porque cuando permanecemos en la habitación de la clínica, sin fijarnos en lo que hay afuera, parece que la vida de todo el mundo se ha detenido, porque todos a tu alrededor –los familiares, los otros pacientes, el personal del hospital– se han detenido junto contigo. Pero realmente, cuando me asomaba a la ventana, comprobaba que se había parado para mí sola, que esa parálisis sólo existía dentro de la clínica, porque los demás seguían allá afuera con sus vidas, tan contentos y felices. Era como si hubiera una barrera invisible entre el mundo exterior y la clínica, como si esta última fuese un paso intermedio entre la vida y la muerte, entre el movimiento y la quietud más absoluta. Y eso era algo que a mí me impresionaba sobremanera.

Al principio pensé que esa sensación de relatividad estaba únicamente relacionada con mi habitación en el hospital, pero luego descubrí que era algo que estaba dentro de mí, que iba más allá de los muros de la clínica, pues me perseguía también fuera de aquel recinto, cuando me daban de alta. Entonces también comprobaba cómo cambia la visión de la vida cuando estamos enfermos. O lo que es igual en mi caso, cómo el cáncer nos cambia la vida.

Por ejemplo, en mi casa había un baño para invitados con un retrete que goteaba todo el día. Y eso me ponía furiosa. Cada vez que pasaba y oía esa gotita permanente, me ponía muy nerviosa. No encontraba un fontanero que viniera a arreglar esa nimiedad, porque ahora los fontaneros sólo acuden si tienen que cambiar las cañerías y echar todo el baño abajo. A mí me sacaba de quicio aquella gotera en el inodoro. Sin embargo, cuando regresé a casa, después del primer ciclo de Pamplona, abrí la puerta del baño, cogí una silla, me senté frente al retrete que goteaba, y me entró un ataque de risa. El cáncer me enseñó a restarle importancia a las nimiedades, a ser menos quisquillosa.

También a raíz de mi enfermedad, desaparecieron las discusiones con mi marido. No era que me pasara la vida discutiendo con él, sólo de vez en cuando, lo normal en cualquier matrimonio, pero de repente se instaló una paz infinita entre todos nosotros. Paradójicamente, la enfermedad había puesto las cosas en su sitio, dándoles su justo valor, discriminando automáticamente entre lo que es realmente importante y lo que no lo es. Hemos aprendido a dejar de lado un montón de cosas que no merecen la pena.

En cierta forma, la enfermedad es como una tijera de podar, quita la hojarasca, lo superfluo, y sólo deja lo esencial. Entonces saltamos por encima de las pequeñeces con una facilidad impresionante. Supongo que todo esto sucede porque, situados ante la perspectiva de la muerte, nuestra visión del mundo cambia radicalmente.

De modo que, volviendo a mi relato, el 29 de enero de 1993 ingresé en la clínica para someterme al primer ciclo de quimioterapia. Todo fue estupendamente. Yo no notaba nada especial y debo decir que me encontraba bastante bien. Confiaba plenamente en que aquello era lo que había que hacer. Estuve, como digo yo, enchufada a la «quimio» tres días y tres noches.

Lo único que seguía preocupándome era qué efecto podría tener este tratamiento en el hijo que esperaba, pero todos los médicos estaban de acuerdo en que al niño no le afectaría en absoluto e insistían en que el ciclo que me iban a administrar podía considerarse suave y que no debía preocuparme por nada.

A pesar de todo, yo seguía preocupada. Se había apoderado de mí una obsesión por preguntarlo todo. Quería saberlo todo. Empezaba a desconfiar hasta de mi sombra. Estaba bastante paranoica. A tal punto que un día, en la clínica de Pamplona, estaban en mi habitación los doctores Emilio Vera y Antonio Brugarolas hablando sobre los controles que me tenían que hacer, y de repente salieron al pasillo. «¡Huy, ya me están engañando!», pensé.

Entonces salté de la cama como una loca, con percha y sueros incluidos, y salí al corredor en camisón. Era una camisola corta, de esas completamente abiertas por detrás, típicas de una clínica, y en aquel hospital de Pamplona, en aquel ambiente tan respetuoso con las normas, salir así al pasillo, era casi una auténtica provocación.

Me planté detrás de los médicos, tratando de oír lo que hablaban a mis espaldas, y de pronto me vi allí, delante de todos, descalza, con aquel aparato del goteo de la «quimio» colgando.

Y cuando ellos se volvieron para mirarme asombrados, experimenté tanta vergüenza que casi me muero. Toda la gente en el pasillo estaba mirándome, y regresé corriendo a mi habitación. Estaba confusa: «¿De dónde me ha salido a mí esta obsesión por saber?», me preguntaba.

Yo insistía en averiguar si me lo habían contado todo.

–¿De verdad me habéis dicho todo? ¿Me lo habéis contado todo? –preguntaba a los médicos sin cesar. Y ellos: «Que sí, que sí».

Pero la triste realidad que no me contaban era que si en Houston me habían dado dieciocho días de vida, en Pamplona me daban tres meses. Por eso me dejaban fumar en la cama del hospital, a pesar de tener cáncer. Y eso explica también por qué no me habían quitado el pecho.

Al cabo de tres días regresé a Madrid con la condición de hacerme unos análisis de sangre unos días después. Yo entonces desconocía la importancia que éstos tenían. El 9 de febrero, día de mi cumpleaños, acudí con mi madre a hacerme esos análisis y el médico, el doctor Federico Peco –otra persona encantadora, amigo y médico excelente–, quedó en enviar los resultados a Pamplona.

Esa noche había invitado a unos amigos a cenar para celebrar mi trigésimo cumpleaños y había por lo menos un motivo de alegría para que la celebración fuera aún mayor. Pocos días antes de los análisis, el doctor Vera, que me supervisaba mientras yo estaba en Madrid y que conocía el verdadero alcance de la enfermedad, había ido a casa para hacerme una exploración de control.

Nada más llegar nos fuimos a mi dormitorio, él se quitó la chaqueta, yo me senté al borde de la cama. Emilio se puso de rodillas en el suelo para poder realizar el examen. Empezó a tocarme las axilas buscando los ganglios y, contentísimo, me dijo que se habían reducido del tamaño de nueces al de guisantes.

Emilio Vera estaba feliz y nosotros entusiasmados. Habían empezado las buenas noticias. Habían acertado, en pocos días ya se podían observar los efectos favorables del primer ciclo de quimioterapia.

Sin embargo, como todos me daban entre dieciocho días y tres meses de vida, a partir de aquella noche empecé a recibir regalos sospechosos, carísimos. Para empezar, una gigantesca cesta de azaleas que no cabía por la puerta. También me regalaron un collar y una pulsera a juego, me compraron mi primer conjunto –el primero y el último– de chaqueta y bolso de Chanel, luego hice un viaje a Londres y hasta conocí a la princesa Diana...

En fin, que secretamente todos se habían puesto de acuerdo para que yo me permitiera todos los caprichos en el poco tiempo que me quedaba. De manera que, al final, puedo decir que en cierta forma me compensaba haberme puesto enferma, porque pude hacer muchas cosas que de otro modo no hubiera podido ni soñar.

Y todo eso empezó la noche de mi cumpleaños, con todos aquellos regalos tan sospechosamente costosos, pero lo que más me llamó la atención fue que en medio de la fiesta, en medio del torbellino de obsequios que me traían parientes y amistades, sonó el teléfono.

–¡Mariam! –gritó mi marido– ¡Que te llaman de la Zarzuela, que te llama la Reina!

–¿A mí? ¿Qué me va a llamar a mí la Reina? ¡No digas bobadas!

Pero era verdad, la Reina estaba al teléfono. Para felicitarme. Cariñosísima. Después de hablar con ella, para mis adentros pensé que era la primera vez que me llamaba para felicitarme, y que sería la última. O sea, que yo debía de estar en las últimas para que la Reina me llamara. Y otra vez tenía la mosca detrás de la oreja.

Pero el mejor regalo que recibí la noche de mi cumpleaños –aunque entonces no estaba capacitada para valorarlo– fue la llamada telefónica del doctor Brugarolas. Esa misma noche me llamó para decirme que el LDH, el marcador tumoral, había descendido de 2.400 a 400, que más o menos era lo normal, lo cual significaba que mi tumor era extraordinariamente sensible a la quimioterapia. Y teniendo en cuenta que aquel primer ciclo había sido suave, esto podía considerarse casi un milagro. Pero yo aún era demasiado ignorante para entender el valor de aquella información.

Antes de colgar el teléfono, el médico añadió:

–Diles a Fer y a tus padres que hoy ya tienen una razón para dormir tranquilos.

Yo estaba dándole vueltas a aquellas cifras (de 2.400 a 400), como si jugara a la lotería, sin saber a ciencia cierta qué significaban. El doctor Brugarolas añadió:

–¡Ah... y a partir de hoy, ni un cigarro más!

Yo fumaba tres paquetes diarios, así que le contesté:

–¡Hombre, a partir de ahora mismo no, estoy en plena celebración de mi cumpleaños! Hoy fumo lo que me dé la gana y mañana ya no fumaré, pero hoy fumo.

Ya no sabía si aquella prohibición era una buena o una mala señal. Pero, de pronto, todo parecía volver a iluminarse. En cualquier caso, a la mañana siguiente, después de desayunar, me fumé el último cigarro, lo apagué con gran dolor de mi corazón, y no he vuelto a probar el tabaco, aunque no soy de las que le tienen fobia al humo ajeno, más bien al contrario, me encanta que alguien fume cerca de mí, porque al menos así me llega algo de humo. Entre bromas y veras, siempre solía decirles a mis médicos que si veían que iba a morir, me avisaran con tiempo para fumarme un Marlboro antes de irme al otro barrio.

Regresé a la Clínica Universitaria de Navarra veintiún días después para someterme al segundo ciclo de «quimio». Todo fue bien, estaba totalmente limpia. Apenas quedaban restos de la metástasis. Si acaso, muy poca cosa. Era casi como si hubieran borrado con una goma todas las imágenes anteriores. Evidentemente, yo estaba muy contenta pero, en aquel momento, no sabía hasta qué punto lo estaba mi familia. Se decidió esperar al tercer ciclo para provocar el nacimiento de mi hijo, ya que según los médicos el niño todavía no era «viable».

Fue durante este segundo ciclo cuando el doctor Brugarolas empezó a hablar del famoso autotrasplante de médula ósea. La primera vez que le oí hablar de esto referido a mí, casi me muero del susto. Literalmente me quedé sin habla. La familia en pleno se colocó detrás del doctor, que estaba a los pies de mi cama. Siempre se situaban así, con cierto aire de solemnidad.

Los miré a todos y comprobé, asombrada, que mis familiares no sólo no se inmutaban al oír hablar de autotrasplante de médula ósea (lo cual suena a huesos triturados), sino que estaban locos de alegría. Obviamente, con ellos ya habían hablado y sabían, más o menos, en qué consistía la nueva terapia y que los resultados obtenidos con la quimioterapia me abrían las puertas a un programa de autotrasplantes seguido en Estados Unidos, un tratamiento que, en mi caso, era fundamental. Una vez más fui la última en enterarme. Hoy, sin embargo, agradezco que me lo dieran todo pensado y decidido. Yo sólo tenía que tragar lo que ellos ya habían masticado.

Luego supe que toda aquella alegría de mis familiares se debía al sistema de los programas existentes en Estados Unidos. Resumiendo, allí hay diversos hospitales que hacen trasplantes con diferentes medicinas y de maneras distintas, y para llevarlos a cabo les asignan un presupuesto. Al finalizar el año, todos los hospitales presentan los casos tratados que han salido bien. Si no son muchos los que salen bien, entonces no les vuelven a dar dinero, de modo que no pueden seguir con sus programas. Ante esa situación, ¿cuál es la solución?: coger los casos que sean más fáciles, y así conseguir los fondos. Es una barbaridad, una crueldad. Pero así es como funciona allá.

Y eso explica por qué al principio no podían cogerme. Pero cuando pegué ese salto tan brutal, cuando bajé de 2.400 a 400, y eso que me trataron con una sesión de quimioterapia floja –ya que debido a mi embarazo no podían introducirme todo lo que hacía falta–, entonces, y sólo entonces, los especialistas americanos me aceptaron. «A ésta la cogemos, porque es un éxito seguro», supongo que pensaron.

Todo esto lo hablaban los médicos con mis padres, como de costumbre, a mis espaldas, y yo a por uvas siempre, siempre la última en enterarme de todo. Y cuando me lo contaron, me dije: «Se han vuelto todos locos». Para ellos era como ir de excursión a Estados Unidos, como un viaje turístico. Y cuanto más contentos estaban mis familiares, más aterrada estaba yo, y no hacía más que darle vueltas en la cabeza al autotrasplante ese de las narices.

Todos a mi alrededor hablaban de lo buenos que eran los médicos norteamericanos. Aunque había quien decía que en España podían hacer el autotrasplante casi mejor que en Estados Unidos. Hablaban de Houston, de Carolina del Norte, de Nueva York, donde está Larry Norton, que es un oncólogo muy famoso, al que le iban a dar el premio Nobel en algún momento... En fin, hablaban y hablaban, y a mí la cabeza seguía dándome vueltas y más vueltas. A decir verdad, yo no quería ir a Estados Unidos. No quería separarme de lo que ya me era más familiar y más fácil.

Pero siempre que el doctor Brugarolas me ha propuesto un tratamiento ha contado con la absoluta aquiescencia de toda la familia. Mi padre no sólo aprueba sus decisiones, sino que le anima a ir, incluso, más allá. Yo normalmente tiendo a resistirme un poco más, por si acaso es posible intentar algo más suave para mí.

En este sentido, mi incertidumbre y mi estupor eran tales que una noche llegué a soñar que Antonio Brugarolas venía a mi habitación y se colocaba a los pies de la cama, con mi familia justo detrás suyo, como siempre que venía a darme alguna noticia importante. Era como si en vez de un médico fuera un cura que viniera a administrarme la extremaunción. Entonces me comunicaba que había un tratamiento nuevo que significaría mi total curación.

«Es muy sencillo», decía, «te vamos a cortar las piernas a la altura de las rodillas.» Y acto seguido toda mi familia se ponía como loca y gritaba: «¡Qué bien, qué bien!». Yo, horrorizada, respondía: «¡Que no, que prefiero morirme, pero con las dos piernas!». Cuando les conté lo que había soñado, todos se morían de risa. Pero esto indicaba lo obsesionada que estaba con el tema.

A medida que pasaban los meses y me iba sometiendo a nuevos ciclos, aquello se hacía más duro, pero siempre me encontré razonablemente bien. Entre ciclo y ciclo llevaba una vida absolutamente normal. Una vez alguien le preguntó a Adolfo: «¿Qué tal tu hermana? ¿Lleva una vida ordinaria?». A lo que él contestó: «Por supuesto que no, lleva una vida extraordinaria».

Mi aspecto exterior no delataba que estaba enferma. Por eso a menudo en la misa había personas que se me acercaban susurrando: «¿Qué tal su hermana?»; y yo les respondía: «Estupendamente», sin aclararles que la enferma era yo.

El tercer ciclo fue el más duro de todos. Ingresé en la clínica de Pamplona la mañana del 15 de marzo de 1993. Nada más llegar, quisieron provocarme el parto por inducción. Me enchufaron un goteo para provocarlo, con un monitor donde se reflejaban las contracciones. Eso duró toda la mañana pero no funcionó. Estaba de siete meses. Durante todas esas horas no tuve una sola contracción, ni por supuesto dilaté un solo centímetro. Querían provocar el parto para evitar que el niño creara anticuerpos a la quimioterapia.

Fue una pérdida de tiempo. Al final tuve a mi hijo mediante una cesárea con anestesia epidural, aquella misma tarde a las cinco. En esta ocasión fue Josefina la encargada de prepararme para el parto. Ya para entonces éramos muy amigas, no sólo no llevaba el llavero de Tejero, sino que se había convertido en una ferviente admiradora de mi padre.

El preoperatorio fue espeluznante. Y la cesárea también, porque yo lo veía y lo oía todo a mi alrededor. Oía la conversación de los médicos, los comentarios de las enfermeras.

–Si te apetece, ponemos la televisión para que vayas viendo la cesárea –me dijeron.

–Sólo con oíros estoy al borde del desmayo –les dije–, con que si encima me lo enseñáis, ya me muero.

Fue algo realmente increíble que, después de tanto miedo a tener un niño que viniera al mundo con algo extraño, me pareciera precioso cuando me lo enseñaron en el quirófano por primera vez. Era muy chiquitito, pero bien proporcionado, lloraba como un gato y estaba guapísimo. Sólo pesaba 1.800 gramos. Hoy, cuando le miro, me parece imposible que aquella vulnerable y tierna criatura se haya convertido en el chicarrón más bruto del barrio.

Cuando regresé a la habitación, después de la cesárea, empecé a notar que Fer y mi madre estaban cuchicheando. Me estaban poniendo de los nervios. Y les espeté:

–¿Se puede saber de qué estáis hablando? ¡Me tenéis negra! ¿Qué? ¿Os han dicho algo y no me lo estáis diciendo?

Me puse muy pesada, y mi madre empezó a decir:

–Anda, Fer, dáselo, dáselo ya, porque si no, nos va a amargar el día, dáselo ya...

Y entonces él apareció ante mí con un abrigo de visón negro y yo solté unos lagrimones. Era su regalo, y no me lo podía poner porque estaba con cables por todos los sitios, con agujas, con sondas, con no sé qué por aquí y por allá. Era imposible ponérmelo. Así que cuando entraron las enfermeras, les dije:

–Abrid el armario, mirad lo que me ha regalado Fer.

–¡Hala, qué bonito! ¿Nos lo podemos poner?– exclamaron a coro.

–Ponéoslo, porque así se lo veo puesto a alguien, yo ni siquiera puedo probármelo.

Se lo pusieron, y yo desde la cama veía lo bien que les sentaba. Y eso me hizo mucha ilusión. Pero estaba avergonzada de mi paranoia de unos minutos antes, cuando creí que me estaban ocultando algo.

Tras el nacimiento de Fernando me dieron siete días para recuperarme antes de seguir administrándome la quimioterapia. Ésa fue la peor época para mí. Me quedaban veintiún días para el último ciclo de quimioterapia. Como no podían darme ni quimio ni radio hasta que no cicatrizara la incisión de la cesárea, tuve que esperar a que me quitaran todas las grapas, con lo cual estuve mucho tiempo ingresada.

Me pasé toda esa semana subiendo y bajando varias veces al día para ir a ver al niño en la UCI pedriática. Llegaba en una silla de ruedas, me lavaba bien las manos, y entonces me colocaban al lado de la incubadora. Pero no lo podía coger. Lo miraba a través del cristal deseando que llegara el día en que pudiera cogerlo en brazos por primera vez.

Era un niño normal, pero estaba lleno de cables, desnudito, sólo llevaba un diminuto pañal, uno de esos dodotis para prematuros, y un gorrillo de lana para que no se le enfriara la cabeza. No sé por qué, pero siempre que lo veía con aquel extraño gorro, cogido para arriba, me recordaba a un estibador de los muelles. El aspecto del niño dentro de la incubadora y con tantas sondas y cables debía de ser un horror, porque mi suegra lo vio y dijo que nunca olvidaría la impresión que le causó, pero a mí me parecía precioso, guapísimo.

De todas maneras, ver que era un niño normal me ponía contenta, pero al mismo tiempo, me empezó a entrar una pena horrorosa y una depresión de caballo. Después de tantos días metida en aquella clínica, estaba ya desesperada por salir.

Este tercer ciclo fue el que peor me sentó de todos. Los tratamientos se iban acumulando, y empecé a notar algún efecto secundario. Me hinché como una bola, me molestaba la cesárea, no podía tener al niño conmigo (pasó un mes y medio en la incubadora), el autotrasplante se acercaba amenazador y puede que empezara a sentir un poco la famosa depresión posparto. Todos estos ingredientes acabaron formando un cóctel peligroso para mi equilibrio emocional.

En aquel entonces el conde de Barcelona, que en paz descanse, estaba ingresado en la clínica, por lo que era frecuente que coincidiésemos con SS.MM. los Reyes. La Reina doña Sofía, cuyo interés por los niños es de todos conocido, visitaba a los niños ingresados en la clínica. También visitaba a mi hijo, que estaba en la UCI. Ella fue quien le dio su primer biberón.

Recuerdo que en nuestra infancia los Reyes venían a casa de vez en cuando y nosotros lo tomábamos como si fuera una cosa normal, porque éramos muy pequeños. Sin embargo, ahora, en el hospital, aquellas visitas de la Familia Real adquirían una dimensión distinta, mucho más entrañable, y siempre agradeceré el cariño y el apoyo que me brindaron y los ánimos que me infundieron.

De vuelta a casa lo pasé fatal. El inminente autotrasplante me daba pánico y yo estaba muy baja de moral, sin ánimo alguno, con mi hijo tan lejos de mí, encerrado en aquella incubadora.

Por primera vez estaba pasándolo francamente mal. De repente me ponía a llorar sin motivo aparente. Veía llegar mi última hora y cómo me despedía de los míos ...

Fue una época bastante dura, pero no a causa del cáncer, sino por culpa de mi propia mente, que durante la enfermedad siempre me ha parecido uno de los peores enemigos que he tenido y, al mismo tiempo, uno de mis mejores aliados. Ya sé que todo esto puede sonar un poco confuso, pero a mis oídos vuelve a sonar clarísimo.

Entre el tercer y el cuarto ciclo fui a Pamplona para coger en brazos al niño por primera vez. Fue una sensacion maravillosa, era mi premio, mi regalo. Pesaba tan poco y parecía tan frágil que al tenerlo en brazos pensé que yo era tan necesaria para él como él lo era para mí.

Cuando regresé para someterme al cuarto y último ciclo, me encontraba bastante recuperada en todos los sentidos y estaba muy ilusionada, ya que al finalizarlo me entregarían al niño. La perspectiva de poder tenerlo conmigo, aunque fuera por poco tiempo, me ayudó a no pensar demasiado en lo que me esperaba. Una vez terminado el ciclo, me despedí del equipo de médicos y enfermeras que siempre me había atendido y con los que me enorgullece poder decir que hoy tengo una gran amistad. El personal de la Clínica Universitaria de Navarra está compuesto de las personas más amables, cariñosas y maravillosas que he conocido en mucho tiempo. Me hicieron sentir que les importaba, me ayudaron en todo sin que tuviera que pedirlo y consiguieron mantener mi moral alta casi permanentemente. He llegado a sentirme como en familia entre ellos. Incluso hubo una enfermera que se ofreció a ir con nosotros a Estados Unidos, sin sueldo, durante todo el tiempo que durase el tratamiento.

Esta vez me llevé conmigo a casa a mi hijo Fernandito. Sólo tenía una semana para estar con él antes de irme a Estados Unidos, pero pensaba aprovechar cada día, cada hora, cada minuto, cada segundo. Un día de esa semana, el 28 de abril de 1993, lo bautizamos en la parroquia de la urbanización La Florida. Ese día tuve conmigo a las personas que yo más quería y aproveché para desperdirme de todos ellos.

Fue una semana dura y feliz. Feliz, porque Fernandito estaba con nosotros y era precioso y buenísimo, Alejandra adoraba a su hermano, todo parecía perfecto. Dura, porque el monstruo al que yo tanto temía seguía estando en lo más profundo de mí, a la vuelta de la esquina. Tenía un miedo atroz a lo desconocido, y la obsesión no me dejaba pensar en otra cosa.

Por otra parte, estaban los efectos secundarios. En ese tipo de tratamientos los pinchazos son inevitables, siempre hace falta una vía. Desde pequeña he tenido bastante miedo a las inyecciones y a las agujas. Para ser sincera, más bien habría que decir que, para esas cosas, he sido una histérica. En este caso mi pánico se vio plenamente justificado. No tardé mucho tiempo en pasar del miedo al terror. Siempre que iba en avión a Pamplona para someterme a algún tratamiento, en broma le pedía al cielo: «Dios mío, si el avión ha de caerse, que lo haga a la ida y no a la vuelta. Así, por lo menos, me ahorro el pinchazo».

El deterioro de las venas es uno de los efectos secundarios más comunes de este tratamiento. Por tanto hay que tratar de cuidarlas al máximo haciendo ejercicios con pesas o apretando algún objeto que quepa dentro de la mano, por ejemplo, una pelota que no sea muy dura o un llavero de goma espuma.

Otra opción es pedir que nos pongan un «portacat». Eso consiste en la implantación, bajo anestesia y en quirófano, de un catéter debajo de la piel, a través del cual se administra toda la medicación. Tiene una entrada que es un tapón de silicona capaz de aguantar unos tres mil pinchazos. La intervención dura unos quince minutos y externamente no se nota casi nada. Es bastante cómodo y evita el deterioro de las venas. Permite la introducción de líquidos, pero no siempre sirve para la extracción de sangre. Normalmente no se ofrece para menos de ocho ciclos de quimioterapia, porque supone una operación para ponerlo y otra para quitarlo. Pero las personas que lo llevan que yo conozco están bastante satisfechas. En cualquier caso es una posibilidad más que se puede discutir con el médico y que puede ahorrarnos malos ratos.

Otro posible efecto son los vómitos, muy frecuentes aunque actualmente bastante controlados gracias a nuevos medicamentos. En mi caso, cuando llegué a Pamplona ya vomitaba bastante debido a mi embarazo, pero una vez allí esas medicinas hicieron desaparecer los vómitos casi por completo.

También noté, y no lo esperaba, que engordaba por momentos y que tenía un hambre canina. Yo esperaba adelgazar un poco, sin embargo, al acabar la «quimio», y tras el autotrasplante pesaba treinta kilos más. Por tanto tuve que echar por tierra otra idea preconcebida: la quimioterapia no siempre adelgaza, a mí más bien me hinchó hasta hacer que me sintiera incómoda. En mi caso han sido kilos que al cabo de los meses desaparecieron de la misma forma que aparecieron, sin hacer demasiados esfuerzos.

Nunca sentí falta de apetito, sino más bien todo lo contrario, e incluso en Pamplona, en un famoso restaurante, me dijeron que nunca habían visto comer tanto a una mujer. Esto, dicho en una ciudad como Pamplona, donde se come tanto y tan bien, es todo un récord. Lo de ganar peso hace pensar en seguir dieta, pero considero que no es el momento de intentarlo, ya que con el tratamiento suelen quitarnos de todo y cuanto más tengamos de reserva, mejor.

También es frecuente la aparición de llagas en las mucosas, aunque yo, gracias a Dios, no las tuve nunca. Creo que son bastante desagradables, pero según parece desaparecen con cierta facilidad.

Otro de los efectos, y probablemente el más conocido de todos ellos, es la alopecia, o pérdida del cabello. A quienes ven las cosas desde fuera quizás les parezca que esto es una tontería, lo cual es un craso error, ya que afecta psicológicamente y de manera muy importante al enfermo. Más de un médico me ha comentado que al comunicarle a los pacientes que tienen cáncer suelen producirse reacciones de todo tipo, pero los casos más sorprendentes son los de quienes reaccionan bien ante el diagnóstico y, sin embargo, se echan a llorar al saber que van a quedarse calvos, o calvas.

Al principio esto era algo que no podía comprender, pero en pocos días lo entendí perfectamente. Antes de empezar el tratamiento me advirtieron que la medicación que me iba a ser administrada me provocaría la caída del pelo. La causante: una droga de color rojo llamada adriamicina. Fue un mal trago para mí. Hasta entonces nada en mi exterior indicaba enfermedad alguna y el quedarme calva se convirtió para mí en el signo externo de mi enfermedad.

Nunca consentí en verme (al final tuve que ceder), ni en que me vieran sin cabello. Lo primero porque me parecía un sufrimiento que, de momento, podía evitarme; y lo segundo, porque normalmente la gente está aún peor preparada que una misma para vernos así y, sin que ni ellos ni una lo queramos, se crea una barrera que impide que todo sea como antes. Yo creo que eso les violenta y asusta. Tardé mucho tiempo en ser capaz de mirarme a un espejo. Me daba demasiado miedo. Mucho tiempo después, cuando por fin lo hice, me tuve que reír: me parecía a la teniente Ripley en la tercera parte de *Alien*.

De todas maneras, mis hijos nunca me vieron calva, sólo al final me vieron con un turbante que acabé poniéndome para dormir. Creo que les hubiera impresionado muchísimo, y bastante tenían ya. Se suele creer que los niños pequeños no se dan cuenta de nada, y resulta que se enteran de todo lo que está pasando a su alrededor.

A tal punto es así que, desde los tres años de edad, mi hija ha sido enfermera durante un montón de años. Alejandra sólo jugaba a ser enfermera, a tomar la tensión; siempre estaba operando, pinchando, sacando sangre.

«Túmbate», me decía. Y yo me tumbaba. «Ahora te voy a operar.» Y me operaba. «Vamos a contarte los leucocitos.» Y yo la dejaba hacer. Luego cogía una muñeca y le decía: «Voy a hacerte una resonancia "magnéquica"», como decía ella. Y siempre andaba de aquí para allá con un estetoscopio de plástico al cuello, como si fuera un collar. En vista de lo cual, mi padre, que siempre da a sus nietos todos los caprichos, acabó regalándole uno de verdad que a ella le hizo muchísima ilusión. Era un estetoscopio buenísimo, de una firma alemana. Y era tan bueno que cuando el doctor Emilio Vera se lo vio a Alejandra, le propuso un trueque: «Te lo cambio por el que llevo yo ahora mismo, ¿vale?».

De vuelta en Madrid, después del primer ciclo, me puse en contacto con una peluquería dedicada a los que padecen alopecia: *Thizo´s*. Me habían informado de que en catorce días no tendría ni un solo pelo, y a ellos les encargué mi primera peluca. Pero me costó mucho trabajo decidirme, a mí me pareció una experiencia bastante dura. Entre otras cosas, me preocupaba el hecho de que a Alejandra le encantara jugar a peinarme, por lo cual pensaba: «Ésta se va a pegar un susto de muerte cuando se quede con las coletas en la mano, pobre».

La señora que llevaba la peluquería, Mercedes Garrosa, es el personaje más peculiar que he conocido en todos los días de mi vida. La llamé por teléfono y, tras explicarle mi caso, que en catorce días se me caería todo el pelo, le pedí turno. Entonces me dijo:

–¡Qué barbaridad! Es que yo ahora no tengo tiempo, porque esto se ha puesto de moda, y no paro de trabajar.

–¿Qué es lo que se ha puesto de moda? –le pregunté pensando que eran las pelucas de fantasía.

–Lo de tener cáncer.

–¡Hombre, tanto como estar de moda no, porque no crea que me apetece apuntarme a esta moda, vamos!

–Sí, sí, que se ha puesto de moda– seguía insistiendo.

Es muy buena persona, pero hablaba con tal naturalidad del cáncer que espeluznaba. He acabado adorándola, porque lo que pasa es que está tan acostumbrada a ver todo ese horror en su trabajo, que le ha perdido un poco el respeto. Más tarde su marido murió de un cáncer fulminante en cinco días. «Toda mi vida es el cáncer, yo vivo del cáncer», me contó ella, «me dedico a esto, mis clientes tienen cáncer, estoy todo el día hablando del cáncer, y he sido incapaz de verlo en una persona que vivía conmigo». Fue horrible y ella sufrió muchísimo, pero siguió adelante con sus hijos de una manera digna de admiración.

Acaso sin saberlo, Mercedes Garrosa, la peluquera de las alopécicas, con su desparpajo y su desenfado, también me ayudó a superar el mal trago. Es una mujer encantadora, y todos allí se portaron de maravilla conmigo, pero espero no tener que volver a poner nunca más un pie en aquel piso de la calle Alberto Alcocer, 8.

Así que, antes de que se me cayera el pelo a mechones, allí me afeitaron la cabeza. Y yo veía con el rabillo del ojo cómo iban tirando todo el pelo en una esquina, todos mis cabellos allí amontonados. En cierta forma era una imagen de la muerte, toda esa sustancia muerta, cortada, segada, cercenada, mutilada y depositada en un rincón para ser inmediatamente barrida.

Por suerte todo esto se hacía en unas cabinas individuales cuyos espejos estaban tapados con unas cortinas que no se corrían si el cliente no quería. Ver mi pelo en el suelo me impresionó mucho. Pero afortunadamente el estor en el espejo impedía que viera lo peor.

Aunque me lo sugirieron, me sentí incapaz y me negué a retirar la cortina. A lo más que me atreví fue a tocarme el cuero cabelludo rapado, pero eso me costó un gran esfuerzo, resultaba muy angustioso. Empecé a tocarme un poco, pero sólo un poquito de nada. Acerba poco a poco las yemas de los dedos, como si estuviera a punto de tocar una plancha al rojo vivo o una alambrada electrificada. Toqué ligeramente y enseguida retiré los dedos.

En fin, que cuando terminaron de afeitarme, me pegaron la peluca con una especie de celo amarillo que tenía pegamento por los dos lados. La peluca era de cabello natural, un regalo de mi padre. El pelo procedía de mujeres rusas. Me llegaba por los hombros, como yo tenía antes el pelo, y además la habían teñido imitando el color original de mis cabellos.

Y esa noche salí con mi maravillosa peluca a cenar, a casa de mis tíos, con todos mis primos, mis hermanos. Y no dije ni media palabra, a ver si alguien se daba cuenta, a ver si notaban la diferencia. Pero el tiempo transcurría y nadie reparaba en mi pelucón. Después de cenar, cuando nos íbamos, tuve que preguntarles a todos: «¿Nadie ha notado nada raro en mí?». Todos me miraron atónitos. Me miraban la nariz, el traje, los zapatos, el bolso, todo... y no encontraban nada.

La peluca daba el pego. Cada semana iba a *Thizo's* para que me la peinaran y la lavaran, lo cual era muy fácil, pues se lavaba como si fuera un trapo. Me la volvían a poner, y quedaba impecable. Así que tenía una impresionante melena cuyo único defecto era que resultaba incómoda para dormir, porque se enredaba de mala manera con la almohada.

Recuerdo que un día, en la clínica de Pamplona, vino a verme la Infanta doña Pilar a mi habitación. Don Juan se estaba muriendo y, después de verlo a él, ella subió a hacerme una visita.

–¡Hija, qué suerte que a ti no se te ha caído el pelo, porque a Luis[1] se le cayó todo!– exclamó al verme.

–No, no –le expliqué–, a mí también se me ha caído del todo, lo que pasa es que llevo un pelucón de mil pares de demonios.

–¡Ay, pero si no se nota nada, qué bien está! ¿Me dejas tocarlo?

Y yo:

–Sí, sí, nada, toque, toque.

Como don Juan estaba allí ingresado, la Familia Real siempre andaba por la clínica. Y subían a verme: el Príncipe, la Infanta Margarita, la Infanta doña Elena, y doña Cristina, el Rey y la Reina. Cuando subían los Reyes, el Rey siempre nos contaba algún chiste o algo que nos hacía reír. Me encantaban aquellas visitas.

También recuerdo con mucho cariño a la Infanta doña Margarita, que me regaló unos jerseys diminutos para mi hijo Fernando, eran los únicos que le quedaban bien. Estuvimos hablan-

1. El duque de Badajoz, su marido, que había fallecido de un cáncer.

do de música moderna, y me sorprendió que supiera tanto sobre *rock* duro, *heavy* metal... Es francamente simpática y graciosa. Me hizo reír muchísimo. Mi terapia favorita.

A mediados de aquel verano empezó a crecerme el pelo de nuevo, para volver a perderlo en el mes de diciembre de 1993 como consecuencia de las radiaciones que me aplicaron en el cerebro. Ahora, ya ha vuelto a crecer. He podido volver a la peluquería normal para cortármelo y darme mechas. Nunca olvidaré la sensación que eso me produjo: volvía a ser igual que las demás, retornaba a la normalidad, al menos en algunos aspectos. Después de la radiación sólo me creció la mitad del pelo que tenía, pero antes era muy rizado, y se me enredaba muchísimo, cosa que odiaba, y ahora lo tengo más lacio. Vaya una cosa por la otra.

III

Preparación del autotrasplante: los fusilamientos del 3 de mayo

Como ya he comentado, fue durante mi estancia en la clínica para someterme al segundo ciclo de «quimio» cuando oí hablar, por primera vez, del famoso autotrasplante de médula ósea. Entre el tercer y el cuarto ciclo se acordó que mi marido fuera a varios centros de Estados Unidos para conseguir más información sobre el mejor lugar para realizarlo. Quise acompañarle pero estaba muy hinchada y los médicos me dijeron que era un viaje rápido, que mejor me quedara en casa recuperándome del último ciclo.

De modo que él viajó solo a Estados Unidos, donde visitó tres clínicas: una en Houston, otra en Durham (Carolina del Norte) y una tercera en Nueva York. Nos llamaba todas las noches para comentarnos lo que iba viendo. Desde el primer momento, la opción que más nos convenció fue la clínica del doctor Peters, en Carolina del Norte.

El doctor Peters era el que más experiencia tenía precisamente en mi problema, que era cáncer de mama con metástasis. Los demás tenían también experiencia en trasplantes, pero aquel médico ya había realizado más de tres mil en diez años mientras en Houston sólo habían llevado a cabo trescientos. O sea, que la diferencia de experiencia era enorme.

Al regresar mi esposo, y después de escucharle atentamente, decidimos que la mayor experiencia en autotrasplantes de médula ósea directamente relacionados con mi enfermedad correspondía efectivamente, al doctor William Peters, del Duke University Hospital, en Durham. Un médico estrella. Tenía además una ventaja sobre las otras alternativas: el autotrasplante propiamente dicho duraba allí cinco días mientras que en el resto de los hospitales ese tratamiento no bajaba de treinta días de aislamiento.

Me daba grima sólo pensar que tenía que estar treinta días en una de esas zonas de aislamiento, separada de todos, como si estuviera presa o infestada por algún tipo de virus procedente del espacio intergaláctico. En cambio, con el doctor Peters permanecería ingresada sólo esos cinco días –que pasaría además prácticamente inconsciente–, pero el resto del tiempo podría estar en un hotel Holiday Inn, al lado de la clínica, donde él tenía alquilada una planta para sus pacientes.

Por si fuera poco, también podría dormir conmigo alguien de la familia, e incluso me permitirían salir a la calle.

Todo eso hizo que viera el cielo abierto. Esas condiciones fueron para mí un motivo de enorme alegría, pues rechazaba la idea de pasarme todo un mes encerrada entre cuatro paredes y aislada de los demás. Este médico me ofrecía una solución que me ayudaba mucho psicológicamente, lo que para mí era fundamental.

Unos días más tarde, pude conocer al doctor Peters personalmente gracias a un congreso sobre el cáncer que a la sazón se celebraba en Palma de Mallorca. Le convencimos para que pasara por Madrid antes de regresar a Estados Unidos. Le invitamos a comer y lo llevamos al museo Thyssen Bornemiza, que le encantó.

Así pudimos conocernos y hablar del autotrasplante. El encuentro tuvo lugar en casa de mis padres durante una comida a la que también asistió el doctor Brugarolas. Allí se habló de todo y pude hacerle todas las preguntas que se me ocurrieron. Lo que más me preocupaba era saber si dolía (confieso que le tenía bastante miedo al dolor) y si en caso de una recidiva, es decir, de que volviera a salir un tumor, se podía intentar un segundo trasplante. Su respuesta a la primera pregunta fue negativa, y a la segunda contestó que sí, en la mayoría de los casos.

Era el típico médico americano, que quiere decirlo todo muy claro, que todo te lo da muy machacado, y que, si puede, exagera un poco para cubrirse las espaldas. Pero al mismo tiempo se mostraba muy cordial y cariñoso conmigo, tratando de infundirme ánimos.

Sin embargo, por aquel entonces yo había adquirido la manía de hacer preguntas, de querer saberlo todo. Así que el hombre se vio obligado a tranquilizarme:

–De verdad, Mariam –me dijo–, tú no te preocupes, que esta intervención está muy controlada, ya verás, y, además, en el tema del cáncer cada día se avanza más. Ya verás cómo esto saldrá bien, ya verás cómo se avanza mucho.

–Muy bien, pues tienes cuatro semanas para avanzar como nunca, porque dentro de cuatro semanas es cuando yo voy. Es decir, que ya te puedes poner en marcha ahora mismo –le dije.

Y él sonrió de oreja a oreja.

Poco antes del cuarto ciclo me comunicaron por carta que debía estar en Carolina del Norte el 3 de mayo. La fecha se las traía, porque me recordaba la insurrección del 2 de mayo de 1808 y, sobre todo, los fusilamientos del 3 de mayo, durante la guerra de Independencia. Me hacía verlo todo tenebroso, como a través del velo de los desastres de la guerra, todo teñido de sombrío pesimismo, con esas pinceladas de grueso empaste y esas tonalidades oscuras que se advierten en el famoso cuadro de Goya.

Como ya he señalado, cuando regresé para el cuarto y último ciclo me encontraba bastante recuperada y muy ilusionada, ya que al finalizarlo me entregarían al niño. Yo estaba segura de que esto colocaría en segundo plano mis miedos ante lo que me esperaba.

Pero también en mí, como en otra obra de Goya, el sueño de la razón producía monstruos. A pesar de tener al niño, mi estado de ánimo era horrible, porque todo el tiempo veía cómo me enterraban, cómo me despedía en la cama: iba a morir y estaban todos a mi alrededor. Cada vez que pensaba que aquello no tenía solución, me decía a mí misma: «Dios mío, si me muero, al fin y al cabo la única beneficiada seré yo, porque me voy al otro lado y ya está, pero lo peor será para los que dejo atrás: un bebé, una niña de tres años, un marido destrozado... Una familia ya destrozada, unos niños sin madre, unos padres que no se recuperarán en la vida».

Casi me parecía que mi situación era más fácil de sobrellevar que la de mi familia. En última instancia, bien mirado, los que sufren son los que se quedan aquí, en este mundo. En cierto sentido, son ellos los que de verdad se mueren. Según mis creencias, yo me voy para un mundo mejor, aunque no tengo ninguna curiosidad, ni ningún deseo, de adelantar la fecha... Pero yo me voy y se acabó, para mí se acabó el sufrimiento, y lo que dejo aquí detrás es tremebundo. Desolador.

Y de nuevo, también en aquella situación, yo volvía a ser una privilegiada. Si al final yo moría, una vez más, sería la afortunada. No iba a sufrir lo que sufrirían ellos. Pero al mismo tiempo, esa convicción me impedía tumbarme a la bartola, no me dejaba ser irresponsable, ni tan egoísta, así que tenía que luchar más por ellos que por mí. Es decir, si me tenía que ir al otro mundo, me iría, pero no sería porque hubiera dejado de hacer todo lo posible para no irme. Yo no me quería ir de ninguna manera. Pensaba en la faena que les iba a hacer a todos. Me daba mucha pena irme, además, por otra razón. Me decía: «Pobre Fer, lo que se le viene encima, con dos niños pequeños él solo».

En una experiencia como ésta, la posición del marido es la más dura. La mía, en cambio, era mejor. Yo podía llorar en el hombro de cualquiera, todo el mundo estaba dispuesto a animarme. Sin embargo, Fer no podía llorarle a nadie, no podía usarme a mí como paño de lágrimas.

Y todo eso me angustiaba muchísimo. Cada vez que veía a los niños ir al colegio, pensaba: «Tengo que llevarlos al cole, comprarles el traje de la comunión, a Alejandra la llevaré a Londres para que practique el inglés, que tanto le gusta, la ayudaré a elegir su vestido de novia, conoceré a su primer novio». Y entonces empezaba a llorar por las esquinas de la casa, como un alma en pena, y mi madre me decía:

–¿Por qué lloras?

A lo que yo respondía:

–Es que tengo veinte mil motivos para llorar.

Mientras tanto los médicos de Durham le habían indicado al doctor Brugarolas qué pruebas realizar para prepararme al autotrasplante, a las que había de someterme antes de viajar allí. Lo del trasplante me daba terror, porque todo era desconocido, y no sabía a lo que me iba a enfrentar, en un país distinto, a siete mil kilómetros de mis hijos. Todo me parecía espantoso.

Para colmo de males, una de las pruebas era la extracción de médula ósea de las crestas ilíacas. De ambas. Consistía en introducir una aguja en esos dos huesos laterales situados al final de la espalda, para así sacar parte de la médula ósea, que es el líquido que hay dentro. Es casi el peor recuerdo de todos los que tengo. Con el pánico que le he tenido toda mi vida a los pinchazos, y ahora estaban incluso pinchándome en los huesos. Sacaron toda la médula que necesitaban. Todos se pusieron muy contentos porque era una médula muy buena, no había ninguna célula mala.

El médico que realizó la extracción es un gran profesional y no tuvo culpa de mi estado de ánimo en aquel momento. Fue la primera vez que perdí la presencia de ánimo, el temor al posible dolor me superó y el miedo me controló a mí en vez de ser al contrario. Siempre he lamentado el mal trago que le hice pasar al pobre médico, el encantador doctor Óscar Fernández. Recuerdo que luego me decía: «Cuando yo entré, ya estabas llorando», lo cual era absolutamente cierto.

Poco antes de iniciar la extracción me habían llegado los papeles que debía firmar para acceder al programa de autotrasplantes en Estados Unidos y, francamente, se parecían más al guión de una película de terror que a cualquier otra cosa. No sé qué era peor, si los pinchazos con aquella especie de sacacorchos que giraba para introducirse en mis huesos o aquellos documentos donde casi te profetizan el mal del que vas a morir. El doctor Antonio Brugarolas ya me había aconsejado:

–Tómatelo como si se tratara de una película de terror con efectos especiales.

–¡Pero todo esto es una exageración! –protestaba yo.

–Efectivamente, todo lo que leas será una exageración de principio a fin, pero lo tienes que firmar.

–¿Sin leer lo que firmo?

–Sí, fírmalos sin leerlos y ya está.

Pero yo, otra vez como una imbécil, con tal de informarme, con aquel afán por saberlo todo, me leí cuatro hojas de todo aquel papeleo y empecé a llorar. Hubiera deseado ser analfabeta, lamenté haber estudiado inglés. Tenía que hacer oídos sordos a todo lo que decían esos papeles y a todos los comentarios que pudieran hacerme al respecto. Así que dejé de leer aquellos papeles y empecé a firmarlos frenéticamente.

A tal punto quería convertirme en una analfabeta, olvidarme de todo el inglés que sabía, que de haber tenido a mano una almohadilla entintada, hubiera firmado esos documentos con mi huella digital para olvidarme más rápidamente de su contenido. «Maldita la hora en que aprendí inglés», pensaba mientras garabateaba una y otra vez mi firma.

Esos papeles constituyen lo que los norteamericanos denominan el «consentimiento informado»: una manera abrupta de avisarle al paciente de que ciertos tratamientos comportan un riesgo mortal. Y no sólo se trata de avisar, sino que además, cuando se firman, se renuncia automáticamente a cualquier reclamación, se pone uno en cuerpo y alma en manos de los médicos, sin derecho a nada.

Finalizado el cuarto ciclo de quimioterapia me entregaron, por fin, a mi hijo Fernandito. Había estado en la incubadora un mes. La sensación de tenerlo conmigo, de poder abrazarlo, de darle de comer, de cambiarle los pañales (que eran más pequeños que los que le compraba a mi hija Alejandra para sus muñecas), cualquier cosa, por insignificante que fuera, me parecía un milagro que me colmaba de felicidad.

Mientras tanto, poco a poco, siempre guiada por mi insaciable curiosidad, empecé a leer libros de medicina. Yo había estudiado derecho, es decir, algo que no tenía nada que ver con el conocimiento de la enfermedad. Pero de pronto me entraron ganas de saber más y más sobre la dolencia que me acosaba. Ya que por una parte nunca me lo decían todo, y por otra tenía que firmar tantos consentimientos informados, decidí estudiar un poco por mi cuenta para irme aclarando las ideas y conocer mejor el terreno que estaba pisando.

Por otra parte, tanto durante los períodos en que estaba hospitalizada como en las convalecencias, disponía de mucho tiempo libre. Así que dediqué la mayor parte de ese ocio a averiguar las características de mi enfermedad. Del mismo modo que algunos presos cuando cumplen largas condenas se dedican a estudiar en la cárcel hasta volverse abogados (o casi), así también las personas que padecen largas enfermedades se vuelven medio médicos.

«¿Qué es el cáncer?»,[1] me preguntaba una y otra vez. Ante todo, una palabra que asusta mucho. *Cáncer* es una manera genérica de llamar al crecimiento anormal de células. Aunque es considerado como una sola enfermedad, en realidad son más de doscientas enfermedades diferentes. La causa de la mayoría de los cánceres es desconocida, y cabe señalar que no existe una causa única. El primer cáncer del que se tiene noticia es un tumor óseo encontrado en el esqueleto de un dinosaurio.

Nuestro cuerpo se compone de enormes colecciones de células y cada una de éstas contiene veintitrés pares de cromosomas. Dentro de cada par se encuentra la espiral del ADN. El ADN transmite y controla las características genéticas que heredamos de nuestros antepasados y que legamos a nuestros hijos.

Estos cromosomas contienen millones de mensajes que indican a nuestro cuerpo cómo debe ser su crecimiento, su funcionamiento y su comportamiento. Unos genes indican al estómago cómo realizar la digestión, otros determinan el color de nuestros ojos... y cuando todo funciona bien, decimos que gozamos de buena salud. Se

1. Los datos expuestos a continuación han sido contrastados en la excelente monografía de Mallin Dollinger, Ernest H. Rosembaum y Greg Cable *Everyone's Guide to Cancer Therapy*, Kansas City, Mo.: Andrews McMeel, 1991.

sabe que existen algunos genes normales que se transforman en genes que promueven el crecimiento de un cáncer. A esta clase de gen se le denomina oncogén.

Con tantos millones de células y mensajes, y con tantas células dividiéndose, las posibilidades de que algo falle son enormes. A veces algo sale mal en el proceso de división de la célula, una mutación que altera a uno o más genes.

Estos genes empiezan a enviar instrucciones incorrectas. La célula comienza a multiplicarse rápidamente, una y otra vez hasta formar un tumor o un bulto maligno. O lo que es lo mismo, un *cáncer*.

No todo crecimiento rápido de células significa malignidad. Todos pasamos por dos situaciones absolutamente normales en las que el crecimiento de las células es muchísimo más rápido de lo normal.

La primera situación se produce cuando dejamos de ser una sola célula para nueve meses más tarde convertirnos en un bebé, y después, cuando pasamos por el proceso con el que alcanzamos el tamaño correspondiente a un ser adulto.

La segunda de esas situaciones se da cuando sufrimos heridas: entonces somos capaces de producir rápidamente células que reparan los daños. Cuando estos procesos de curación terminan, un grupo de genes mandan el mensaje de parar y lo único que queda es una cicatriz. Éstas, y no otras, son las reglas del juego.

El problema es que las células cancerosas no respetan estas reglas. El cambio en su código genético las hace olvidar que su proceso de crecimiento debe detenerse. Cuando esto ocurre, las células del cáncer continúan dividiéndose de forma incontrolada.

El cáncer comienza en una célula anormal que se divide en dos células anormales, y éstas a su vez en cuatro, y así sucesivamente.

Los cánceres de crecimiento rápido pueden aumentar su tamaño en una proporción de uno a cuatro en un período de una a cuatro semanas. Los de crecimiento lento pueden doblar su tamaño en períodos que van de dos a seis meses.

Cuando un tumor tiene un millón de células, sólo alcanza el tamaño de la cabeza de un alfiler. Por tanto, hay un período de silencio en el cual el cáncer va creciendo. Estos períodos de silencio son mucho más largos que el período que nos permite saber que el tumor está presente.

Después de un tiempo, que varía según los casos, el tumor adquiere un tamaño que nos permite verlo a través de los rayos X, sentirlo o notar algún síntoma como dolor o hemorragia.

Por otra parte, existen tumores malignos y tumores benignos. Los benignos pueden aparecer en cualquier parte del cuerpo y pueden extirparse o no, según los casos, ya que nunca invaden ni destruyen los alrededores.

Los tumores malignos tienen dos características fundamentales: la primera es que no tienen un borde que los frene, así que echan raíces y comienzan a invadir los alrededores; la segunda es que tienen la capacidad de extenderse a otras partes del cuerpo. Pequeñas células se desprenden del tumor inicial, viajan por el cuerpo como semillas y producen otros crecimientos. Gracias a Dios no todas ellas consiguen encontrar un sitio donde echar raíces, y muchas mueren por el camino.

Esta extensión del cáncer recibe el nombre de «metástasis».

En cuanto a las posibles causas y factores que pueden favorecer la aparición de un cáncer, ya he indicado antes que no hay una causa conocida que lo provoque, pero sí algunas pistas y diferentes teorías. Las causas podrían clasificarse en dos grupos. En primer lugar, las inevitables, aquellas que no podemos eludir, porque no dependen de nuestra voluntad, entre las que se cuentan determinados agentes industriales y sustancias tóxicas en el ambiente; ciertas hormonas y drogas inmunodepresoras y algunos estrógenos; factores hereditarios; o, finalmente, la alteración del sistema inmunológico.

En segundo lugar están las causas evitables, aquellas que se podrían eludir o, al menos, limitarse. Dentro de este segundo grupo podemos citar ciertas sustancias químicas llamadas cancerígenas, el tabaco, los rayos X, una excesiva exposición a la luz solar, ciertos excesos o deficiencias en la dieta, la obesidad, el SIDA, el alcohol, el estrés o la alteración del sistema inmunológico.

Cuando se combinan dos o más de estas causas, el riesgo no se suma sino que se multiplica.

Otra pregunta a la que quise hallar respuesta con mis lecturas era de qué manera, cómo se extiende el cáncer. Lo primero que conviene señalar es que aunque el cáncer puede iniciarse en varios sitios a la vez, esto no es lo usual. Si se extiende es porque algunas células del tumor principal se separan y viajan por el cuerpo, un viaje que pueden realizar de tres formas diferentes.

En primer lugar, el cáncer puede extenderse por la expansión del propio tumor: según crece, el tumor va invadiendo los órganos y las zonas más próximas, en las que va echando sus raíces.

En segundo lugar, puede extenderse a través de la sangre. Este fenómeno se conoce como extensión hematológica y se produce debido a que los tumores tienen un suministro de sangre: las arterias bombean sangre al tumor y las venas la sacan. Trozos de tumor se cuelan así en el sistema sanguíneo y circulan por todo el cuerpo intentando enraizar en distintos órganos.

El cáncer puede, finalmente, extenderse a través de una tercera vía: el sistema linfático. Éste es un sistema aparte de pequeñas venas llamadas linfáticas que van por debajo de la piel y a través de todo el cuerpo. Estas venas transportan un líquido llamado linfa, cuya misión es drenar los productos de desecho –la «basura» de nuestro organismo–, tales como infecciones o cualquier tipo de materiales tóxicos. Los nódulos linfáticos son estaciones a lo largo del cuerpo cuya tarea consiste en atrapar este tipo de materiales para evitar que sigan circulando. Las células tumorales pueden extenderse fácilmente a través de este sistema ya que no se detienen en los nódulos. Muy a menudo, el cáncer de mama se extiende a través de los canales linfáticos hacia los nódulos linfáticos de las axilas.

Existen diferentes clases de tumores. El diagnóstico y el tratamiento del cáncer dependen del tipo de tumor de que se trate. Pero hay tres clases de tumores cuya denominación y clasificación se establece según el lugar dónde estén creciendo: los carcinomas, que se desarrollan en los tejidos que cubren la superficie de los órganos internos y el epitelio; los sarcomas, que se desarrollan en los tejidos blandos o en los huesos; y los linfomas y las leucemias, que se desarrollan en las glándulas linfáticas y surgen en las células sanguíneas de la médula ósea.

Los tumores suelen recibir el nombre del órgano al que afectan. Por ejemplo, si afecta al pecho es un carcinoma de mama. Otros toman su nombre del médico que los descubrió. Por ejemplo, el sarcoma de Kaposi.

Otro aspecto fundamental, y que preocupa especialmente a quienes lo padecen, es con cuánta rápidez crece un tumor. Para medir su grado de crecimiento lo que se hace normalmente es extirpar un trozo de tumor para después realizar un estudio patológico, la denominada «biopsia».

Según su velocidad de crecimiento, los cánceres pueden ser de grado alto, que crecen rápidamente y son agresivos, o de grado bajo, que crecen lentamente y son menos agresivos.

Relacionada con la velocidad de crecimiento de un tumor está la cuestión de su tamaño y de la fase en que se encuentra. Es fundamental conocer cuál es el tamaño, estado y extensión del tumor. Si el tumor está localizado sólo en un sitio, nos encontramos en una primera fase. Si se ha extendido a otras partes del cuerpo, nos encontraremos en una fase más avanzada. Todos estos datos ayudan al médico a elegir el tratamiento más adecuado.

Otra pregunta que estoy segura de que todos nos hemos hecho alguna vez, y que a algunas personas ha podido llegar a atormentar, es ésta: ¿cuáles son los síntomas del cáncer? Cuando un tumor ha alcanzado un determinado tamaño su presencia se hace notar de diversas maneras: si presionamos en los tejidos de alrededor, algunas veces se produce dolor; si crece cerca de los vasos sanguíneos, pueden producirse hemorragias; en algunas ocasiones es tan grande que podemos verlo o notarlo; un tumor puede causar cambios en la manera de comportarse los órganos (por ejemplo, no poder tragar podría indicar la existencia de un tumor de esófago).

La Asociación Americana del Cáncer ha catalogado los síntomas en una lista llamada «Las siete señales de aviso», que considero muy clarificadora y muy útil. Esas siete señales son: cambios intestinales o vesiculares, una herida que no cicatriza, hemorragias o vómitos, hinchazón o bultos en el pecho o en cualquier otra parte del cuerpo, dificultades al tragar, cambios visibles en verrugas o lunares, una tos o ronquera persistentes y continuas.

Debido a la extensión de esta enfermedad casi todos estamos relativamente familiarizados con los distintos métodos de diagnóstico del cáncer. Sabemos que pueden utilizarse exámenes físicos, análisis de sangre, orina, heces y médula ósea, citologías, diversas técnicas de imagen como el escáner, la resonancia magnética, el pet, la ganmagrafías óseas o los rayos X, y, finalmente, la tan conocida biopsia.

Sabemos mucho sobre el cáncer, pero ¿sabemos qué pasa cuando nos diagnostican esta enfermedad? Normalmente nos encontramos ante un mundo totalmente desconocido. Experimentamos una gran sensación de extravío cuando nos llevan de un lado a otro, de máquina en máquina. Estamos muy asustados. Nos encontramos con mucha gente desconocida que habla un lenguaje que apenas comprendemos y la sensación de soledad que sentimos es enorme.

Pero no hay que olvidar que se trata de una lucha, y que todo lo que nos rodea, incluidas las máquinas y las pruebas molestas, está ahí para ayudarnos a vencer. Hoy en día la lucha contra el cáncer implica la colaboración de muchos médicos. Sólo en la fase del diagnóstico, suelen intervenir un internista, un cirujano, un patólogo, un radiólogo, un oncólogo...

El cáncer es, también, un asunto familiar. Sólo un miembro de la familia –dos en mi caso, como se verá más adelante– sufre la enfermedad, pero de repente todas las personas que nos son cercanas se ven involucradas en una espiral de información que deben comprender al mismo tiempo que deciden qué comunican, o no, al enfermo. Su labor es absolutamente fundamental.

Mientras, el paciente debe, masticar, tragar y digerir toda la información que recibe, y debe también aprender a lidiar con la enfermedad.

Esto le ayudará a poner lo mejor de sí en el juego, y a luchar.

Como ya he dicho antes, siempre esperamos respuestas definitivas y esperanzadoras a preguntas cuya contestación tememos, preguntas como: ¿Estoy realmente curándome? ¿Es verdad que el cáncer se ha ido? ¿Desaparecerá el dolor? ¿Podré volver al trabajo? ¿Volveré a sentirme segura alguna vez? ¿Cuánto tiempo me queda por vivir? ¿Qué pasará con mi familia? ¿Encontrarán algo en la siguiente revisión?

Tarde o temprano estas preguntas tendrán sus respuestas, pero mientras tanto no debemos permitir que nada ni nadie nos mate en vida y antes de tiempo. No hay que permitir que el miedo nos impida vivir todos los segundos, todos los minutos, cada hora de nuestra existencia. Son momentos que nadie podrá robarnos. Hay que disfrutarlos.

Todas estas cavilaciones no hacen sino reflejar cuán frágil es nuestra condición humana. ¿No resulta extraño que sólo nos hagamos estas reflexiones cuando nos encontramos en crisis? ¿No sería de desear que esta disposición de ánimo fuera permanente? Desgraciadamente, sólo nos acordamos de Santa Bárbara cuando truena.

IV

Autotrasplante

Una semana después de bautizar a Fernandito, mi marido y yo volábamos a Nueva York con la intención de pasar un día solos. Queríamos recordar la época en que vivimos allí de recién casados. Cuando me casé, en 1988, con veinticinco años, nos fuimos a vivir una temporada a aquella ciudad. Eso duró un año y medio.

Y ahora estábamos pasando allí un día para recuperar viejos tiempos, visitando los restaurantes a los que íbamos entonces, sacándonos fotos. También nos acercamos a ver la casa donde vivimos. Incluso coincidimos en nuestro hotel con los Reyes, que estaban de viaje oficial en Nueva York. Y la Reina, tan amable y cariñosa como siempre, se interesó por mi estado de salud deseándome una pronta recuperación, dándome ánimos: «Tienes que ser fuerte», repetía.

Veinticuatro horas después de nuestra llegada nos reunimos con mis padres y mi hermano Adolfo en el aeropuerto Kennedy para volar juntos hacia Durham, la capital del estado de Carolina del Norte, en donde íbamos a permanecer un mes.

Como ya he comentado, la primera vez que oí hablar de autotrasplante de médula ósea me quedé muda. Cuando hay que enfrentarse a un tratamiento con ese nombre el resto de las cosas desaparecen de la mente y sólo se puede pensar, hablar y soñar (pesadillas, claro) con el dichoso autotrasplante de médula ósea. Es como una presencia ubicua que todo lo invade o, mejor, un agujero negro que todo lo engulle.

Creo que lo primero que habría que hacer es cambiar el nombre de ese tratamiento, porque es terrorífico. ¿Acaso no sería suficiente con decir «intensificación de la quimioterapia»? Por lo menos para empezar a hablar con el enfermo resulta menos tétrico. A mí no me cabe la menor duda de que suena un poco más suave.

Cuando me dijeron que era una buena candidata para someterme al autotrasplante, lo primero que pensé fue que sería una operación muy complicada y peligrosa. Me ví tumbada boca abajo con toda la espalda abierta y paralítica para siempre. Una visión digna de una carnicería, como una res abierta en canal, pero por detrás, hasta la rabadilla. Por aquel entonces mis conocimientos de anatomía eran bastante rudimentarios, de modo que desconocía la diferencia entre la médula espinal y la médula ósea y las confundía.

La médula espinal es el eje que recorre por dentro la columna vertebral. Es como un cordón, delgado y fibroso. La médula ósea es el líquido que hay dentro de los huesos y cuya función es la formación de células sanguíneas y su almacenamiento.

La noche del 3 de mayo de 1993 pusimos el pie por primera vez en Carolina del Norte. Éramos cinco: mis padres, mi hermano Adolfo, mi marido y yo. Desde España habíamos alquilado unos coches para que nos recogieran a nuestra llegada al aeropuerto y nos trasladasen hasta el hotel, pero cuál no sería nuestra sorpresa cuando vimos aparecer dos gigantescos conductores de color, ataviados con unos llamativos uniformes de color blanco, con libreas y gorras blancas, que nos condujeron hacía dos «discretas» limusinas también blancas y completamente tapizadas por dentro con cuero rojo. Nos moríamos de vergüenza. «Yo ni me acerco», fue lo primero que pensé. «¿Y si hay un español por aquí y nos ve?»

Pero mi padre era el que más vergüenza sentía. Él es la discreción personificada. La quintaesencia de la circunspección. En el hospital de Pamplona, a veces yo lo cogía por el brazo y le decía que fuera conmigo a ver a alguna enferma:

–Vamos, es aquí mismo, en la habitación de al lado, y a ella le hace mucha ilusión verte.

Pero él se resistía:

–¿Qué voy a hacer yo ahí?– preguntaba turbado.

Pero la enferma en cuestión estaba encantada con la esperanza de verlo, y yo le había prometido que se lo iba a enseñar. Porque en realidad se trataba de eso: de «enseñar» a mi padre. En cierta forma era mostrarlo, exhibirlo, no porque yo quisiera hacerlo, sino porque las pacientes me lo pedían insistentemente.

–Venga, tú entras, le das dos besos y le haces la mujer más feliz de la tierra. Es una forma de terapia, no lo dudes –insistía yo.

Siempre entraba, la saludaba, le daba los dos besos, y enseguida se organizaba una tertulia entre todos muy agradable, que se convertía en otra forma de terapia para la paciente.

Aunque pueda parecer increíble, mi padre es muy tímido, hablar en público le costaba una enfermedad: ensayaba sus discursos horas y horas, y nos los leía varias veces. Nunca se acababa de sentir completamente satisfecho.

Hubo una época en que mi padre era el *puching ball* nacional, todos arrasaban con él. A mí me hervía la sangre y saltaba enfurecida, no lo podía evitar, pero él no es así, él no odia a nadie, no guarda rencor a nadie, aunque lo insulten. Pero en eso, que parece un defecto, consiste la virtud de mi padre. La modestia, la decencia, la discreción. Extrañas virtudes en un político. Mi padre es un hombre público que elude cuanto puede el boato de la vida pública.

Teniendo en cuenta todo esto, no resultará difícil comprender que al ver a aquellos chóferes, que eran dos negros colosales, tan impolutamente uniformados, de pie al lado de sus cochazos, se quedara paralizado. Y esa situación provocó toda clase de comentarios y bromas entre nosotros. Porque mi madre y yo, que tenemos mucho sentido del humor, y nos reímos hasta de nuestra sombra, enseguida nos lanzamos a gastar bromas. La guasa empezó de inmediato, igual que las risitas nerviosas. Mi padre decía: «¡Pero qué vergüenza! ¡Yo no me meto ahí!».

En realidad, que nos esperaran así nos hizo mucha gracia. Parecíamos de la mafia o algo por el estilo. Era casi como una película de *El Padrino*. Todos intentábamos parecer relajados y despreocupados en ese momento, aunque en el fondo creo que mis familiares estaban tan nerviosos como yo. Y digo «tan», porque estar más nervioso que yo era algo imposible. Del aeropuerto nos trasladamos al hotel, donde cenamos.

Esa cena fue la comida más espantosa del mundo. Nunca en mi vida he comido peor que en Carolina. No sólo la comida del hotel, sino la de toda Carolina del Norte resultaba intragable. Tenía un sabor rarísimo. Una señora de San Francisco que vivía allí nos confirmó que a ella también le sabía rara la comida. De modo que no salíamos de los Pizza Hut, porque ofrecían lo único que se podía comer.

Al día siguiente, después de desayunar, nos reunimos en la habitación de mis padres antes de ir al hospital donde nos esperaba el doctor William Peters para hablar con nosotros, presentarnos a su equipo –formado por un montón de médicos– y, de paso, hacerme varias pruebas: una prueba de esfuerzo, otra de función pulmonar, unos análisis de sangre y de orina, radiografías y un escáner. Todo lo cual incluía más pinchazos. Y eso es en Estados Unidos peor que en ninguna otra parte del mundo, porque allí ya no están acostumbrados a pinchar, se han olvidado ya de lo que es coger una vena, pues todos los pacientes van con catéteres instalados. Todos van con sondas, tubos, diferentes dispositivos terapeúticos, casi como *ciborgs*, o androides mitad humanos, mitad máquinas, a los que van inyectando o drenando, según los casos, como en una cadena de montaje.

El cateterismo está allí tan generalizado, lo usan para tantas terapias, y tan constantemente, que las enfermeras ya no saben encontrar las vías venosas. Y encima, como yo no tengo venas gruesas se pasaban todo el rato buscándomelas, persiguiendo mis venas saltarinas, para lo cual tenían que pincharme una y otra vez los brazos, aquí y allá.

Después de estas pruebas preliminares, nos enseñaron el hospital y nos presentaron a varios médicos, entre ellos uno muy simpático que nos dijo muy sonriente: «Yo hablo perfectamente español», y que –creo recordar– no nos dijo nada más en español durante todo el mes que estuvimos allí. Aunque lo intentaba con ahínco, chapurreando sin remedio, lo cual hacía que resultara más encantador.

Estuvimos charlando con él y con otros miembros de su equipo sobre «el programa de festejos» que me tenían preparado para los días venideros. Realmente se habían esforzado, no faltaba nada en el cartel.

Nos citaron para el día siguiente a las doce del mediodía en la Hillanday Clinic, que es la clínica de día. Allí iba a pasar yo mucho tiempo, antes y después del autotrasplante, y querían que la conociese bien.

Cuando llegué, abrí la puerta y vi aquella sala de espera, noté que los pocos pelos que me quedaban se me ponían de punta. Allí había varias mujeres, todas mayores que yo, todas calvas, como descuidadas, unas señoras con bastante mala cara, charlando entre sí. En aquel país, las señoras no le dedican ninguna atención a su aspecto personal. Parece que durante la enfermedad no le dan tanta importancia a ese asunto como le damos aquí.

Había, colocados en círculo, unos sillones muy cómodos donde se hacían los tratamientos anteriores y posteriores al autotrasplante. Y esas mujeres siempre estaban allí, contándose cosas, siempre les estaban transfundiendo sangre, no les subían los leucocitos, no se encontraban bien, estaban débiles... todo eso era normal en la situación en que nos encontrábamos. Y como yo siempre me encontraba bien, cada vez que entraba allí lo hacía encogida, algo cohibida, tratando de que no se notara que me encontraba tan bien, porque era como si las ofendiera.

Ese ambiente no lo había visto en ningún lugar aquí en España. La gente aquí se pone algo, un turbante, un pañuelo de pirata, yo qué sé, lo que sea con tal de ocultar la calvicie. Pero allí no, allí estaban todas peladas al rape, como si acabaran de reclutarlas como marines.

Por si fuera poco, había allí un olor que nunca podré olvidar y que impregnó toda mi estancia en Carolina del Norte. Era el olor del Neupogen, una medicina que, por supuesto, se inyecta, y cuya misión es aumentar los leucocitos. Se suponía que aquella mañana debía visitar toda la clínica, pero no pude. La escena era tan deprimente que las lágrimas afloraron con rapidez. Salí de allí tan pronto como pude. La primera impresión que ofrecí al personal de la clínica fue bastante lamentable.

Sabía que entre aquellas paredes pasaría gran parte de mi estancia en Carolina del Norte, pero decidí que me enfrentaría a ello cuando no me quedara más remedio. En cuanto llegué me ofrecieron uno de sus grupos de apoyo para enfermos de cáncer, pero yo les dije que muchísimas gracias, pero que yo traía el grupo de España.

Al día siguiente ingresé para la operación de extracción de médula ósea. El procedimiento es el mismo que cuando sacan médula para analizar, pero a mayor escala y, gracias a Dios, con anestesia general. Las molestias son mínimas y con un calmante suave está solucionado el problema del dolor. Queda la misma sensación que cuando nos damos un golpetazo: se nota la zona un poco dolorida, pero nada más.

Esa noche me quedé ingresada en el hospital porque a la mañana siguiente debía entrar de nuevo en el quirófano para la instalación de uno de esos famosos catéteres, uno con tres bocas conectado a la vena subclavia, que se llama Hickman. Un aparato verdaderamente abominable. Le tenía auténtico terror porque me habían dicho que lo introducían a la brava, sin ningún tipo de anestesia.

Me pasé toda la noche en blanco, pensando en eso. La intervención tendría lugar a las seis y media de la mañana. El asunto de los horarios en Estados Unidos es chusco, como podremos comprobar más adelante. Me pasé toda la noche pensando en el dichoso Hickman, no pegué ojo. No sé por qué, pero me veía a mí misma, después de la operación, como la protagonista de la película *Alien, el octavo pasajero*.

A la mañana siguiente repetí el ritual del día anterior, o sea, el consentimiento informado. Todavía tenía que seguir firmando documentos. Firmé más papeles que un notario. Ya sabía el truco, no había que leerlos. Realmente lo que se firma es tan demencial que si a una enfermera le da un ataque de nervios y nos apuñala en un pasillo, estaría disculpada y nuestra familia no podría siquiera pedir explicaciones.

Desde luego, lo del apuñalamiento es una exageración, pero también resulta exagerado lo que ellos recogen en esos documentos, que después de firmados prácticamente te impiden hacer nada, porque con esos formularios que vas firmando renuncias a todo.

Ésta es una de las grandes diferencias entre nuestra cultura y la norteamericana. En Estados Unidos, cuanto menos preguntes, mejor. En cuanto preguntas algo, aprovechan para darte una información general y absolutamente espeluznante. Se protegen de los imponderables, se blindan por si acaso pasa algo casi imposible pero que, según su mentalidad y experiencia, pueda transformarse en una demanda. Esto lleva a una información que, desde nuestro punto de vista, y desgraciadamente para los enfermos, podría ser calificada como despiadada.

Cada cosa, cada prueba, el más mínimo procedimiento clínico van precedidos de un papel en el que te informan sobre todos los efectos y consecuencias nocivos que aquello puede causar en tu organismo y, si no lo firmas, no se realiza la prueba en cuestión. Por regla general, esto se lleva al extremo.

Por ejemplo: para hacerse un análisis de sangre hay que firmar un papel que exime al personal del hospital de responsabilidad en caso de que, después de realizada la extracción, se produzca un *shock* hipovolémico (una disminución del volumen de la sangre circulante en el cuerpo) que pueda causar la muerte. Y eso tratándose de un simple análisis de sangre.

En una de las intervenciones previas al autotrasplante, estando ya en la camilla, me abordó en el pasillo una señora con uno de esos papelitos. Me lo leyó despacio, casi deletreando, para que yo lo entendiera bien y se lo firmara. Hice un garabato al pie de la hoja. Mi camilla siguió rodando y apareció otra señora con otro papelito. La escena se repitió. Y cuando ya estaba ante las puertas de vaivén que dan acceso al quirófano, se acercó otra enfermera papel en mano, con la pretensión de que antes de entrar en la sala de operaciones lo leyera y lo firmase.

A lo primero no estaba dispuesta –bastante miedo tenía ya–, y a lo segundo no me quedaba más remedio que someterme. Pero esto no bastó. Cuando ya estaban abiertas esas puertas de vaivén que conducen al quirófano, apareció otra vez la misma señora para hacerme el siguiente interrogatorio:

–¿Sabe usted que se puede morir? –me espetó.

–Sí, y usted también –le respondí.

–Quiero decir, ¿es usted consciente de que puede morir durante la operación? –remachó.

Yo, aterrada desde la camilla, contesté con un débil:

–Sí.

Pero esto tampoco le pareció suficiente y arremetió de nuevo:

–¡Ah! Entonces tiene que firmarme que le he dicho que se puede morir.

–De acuerdo –dije.

Pero cuando ya mi camilla estaba en medio de las puertas de vaivén, que se me antojaban como las puertas de «El infierno» de Dante («Vosotros, los que entráis, abandonad toda esperanza»), la señora insistió:

–¿Y aún así, a pesar de saberlo, quiere usted seguir adelante?

Yo contesté :

–¿Acaso tengo alguna otra alternativa razonable?

–No –me dijo ella.

–Bien –le respondí–, preferiría bajarme ahora mismo de la camilla e irme a casa, pero me temo que no sería lo mejor para mi salud.

Y se lo firmé todo.

La información «a la americana», como ya me había prevenido mi médico de cabecera, hay que compararla con una buena película de terror, género al que no soy aficionada, con grandes efectos especiales, y en vez de tomártela al pie de la letra hay que intentar recibirla como una magistral lección de horror. Así es más fácil de asimilar. Cada vez que comenzaba una historia así, nosotros nos sonreíamos al escuchar aquellos impresionantes «efectos especiales», aquellos truculentos pronósticos de catástrofes y secuelas sin fin, que más tarde serían ampliamente comentados en tono de humor.

Realmente creo que en Estados Unidos llevan las cosas a extremos que no favorecen a nadie, aunque la profesión médica no sea la única culpable de esta situación. Ellos deberían ser algo más que mecánicos del cuerpo humano, y las clínicas y hospitales no deberían convertirse en impersonales talleres de reparación. Para mí es importante que el medico que se ocupa de nosotros, sea el mismo que nos aconseje, que esté presente cuando algo falla...

Desgraciadamente ese modo de dar información parece que se va imponiendo frente al que ha imperado en nuestra cultura hasta ahora. Es la concepción protestante contra la católica, el pragmatismo frente a la compasión. Entre nosotros, los hispanos, hay una tendencia a la misericordia, al perdón: si un médico se equivoca, lo perdonamos, porque al fin y al cabo es un ser humano, y *errare humanum est*. Pero entre los protestantes, o los anglosajones, la cosa cambia: si alguien se equivoca, no se lo perdonan. Son implacables.

En Estados Unidos se aprende a palos, castigan a los profesionales por el más mínimo error, son más prácticos, más fríos. De ahí se derivan todos esos formularios que hay que rellenar. Todo ese papeleo forma un muro de contención contra el error por parte de los médicos.

Es verdad que si a mí se me escapa un gazapo escribiendo, ese error puede corregirse y no pasa nada. Pero un error cometido por un médico puede significar la muerte del paciente, y eso es algo que no se puede corregir. E incluso, aunque no signifique la muerte, puede causar graves perjuicios. Por ejemplo, no hace mucho leí en la prensa que en Alemania, como consecuencia de un diagnóstico erróneo, se practicaron mastectomías en centenares de mujeres sanas. Todo parece indicar que entre 1994 y 1997, unas trescientas mujeres perdieron sus senos por culpa de un patólogo que, al destaparse el caso, quemó su laboratorio y se suicidó.

Sin embargo, ese muro de contención americano produce frialdad, distanciamiento y burocratización de las relaciones entre el médico y el paciente. Y eso sin contar el terror psicológico que toda esa información abruptamente suministrada inspira en los enfermos.

Ese sistema es muy triste y muy poco caritativo, pero las demandas de miles de millones que se producen en Estados Unidos por reclamaciones médicas son también impresionantes. Los hospitales americanos –repito una vez más– se han convertido en unos talleres donde arreglan mecanos, y punto. No creo que sea por voluntad de los médicos, sino que se han visto obligados a ello por las circunstancias. De alguna manera tienen que protegerse. Esto, quizás, justifique en parte su actitud, pero no deja de ser lamentable.

Existe también diferencia en el hecho de que los médicos nos informen o no. En este caso la distancia entre la información americana y la española es muy marcada. En Estados Unidos los médicos son partidarios –y de hecho, así lo hacen– de informar al paciente de todo lo que tiene desde el primer momento. Si al enfermo le quedan dos días de vida, se lo dicen a bocajarro, sin contemplaciones. Entre nosotros es distinto. O más bien habría que decir *era* distinto. Porque lo malo es que vamos en todo hacia lo de ellos, miméticamente.

Yo me he operado de todo en España sin firmar un solo papel, pero la última vez ya tuve que firmar lo del dichoso consentimiento informado. Este sistema acaba con la profesión médica. Los hospitales se convierten, insisto, en talleres, y los médicos, en mecánicos. El hospital deviene un lugar donde entran unos seres humanos, les arreglan unas tuercas y luego les pasan la factura. Y en mi opinión, eso no es ser un médico. Un médico se tiene que implicar mucho más, tiene que ser más humano, ante todo humano.

Esa frialdad, esa especie de desconfianza que surge entre el médico y el paciente, se hace extensiva a la relación con los enfermeros. En una ocasión me iban a coger una vena, lo cual, como ya he dicho, es muy difícil en mi caso, pues no tengo las venas gruesas. Se trataba de una enfermera que no sabía pinchar –yo ya había tenido ocasión de comprobarlo. Había dos enfermeras allí, esperando para hacerme el escáner, y cuando me fueron a poner el contraste, le pregunté a una: «¿Le importaría darme la mano?».

Yo partía del supuesto de que no estaba pidiendo nada excepcional –a lo mejor es que estoy muy malcriada–, pero lo cierto es que no me dio la mano. Lo único que hizo fue tirarme un llavero de goma espuma, como si yo fuera una apestada, como si fuera a contagiarle algo por el simple contacto de mi mano, en la que no había ni una sola gota de sangre. Además ella sabía que el cáncer no es contagioso, contrariamente a como algunos erróneamente creen. Tal vez es que estoy muy mal acostumbrada, pero a mí me pareció una reacción sumamente fría.

Pero vuelvo a la información «a la americana». Una amiga mía se casó con un norteamericano y se fue a vivir a Estados Unidos. Corría todos los días por el parque, hasta que una tarde notó un dolor en una rodilla, y pasó por urgencias para que la vieran. Le hicieron las pruebas y la dejaron en una habitación. Al rato entró un señor que ella no conocía, un médico, que le dijo: «Tiene usted tres meses, hágase un vídeo para su familia». Allí te lo dicen todo tal cual.

Por si fuera poco, en Estados Unidos los enfermos no ven con toda la frecuencia necesaria a sus médicos. No pueden consultarles cuando quieren. Yo, por ser quien soy, era, de nuevo, una privilegiada en este sentido. Y tenía acceso a ellos. De entrada, hubo una confusión, pues estaban convencidos de que yo era una princesa.

Había un señor en la puerta de la clínica que, cada vez que yo pasaba, se inclinaba doblando todo el espinazo: «Good morning, princess». Me lo decía todos los días. Yo siempre le aclaraba que no era una princesa, pero de nada servía, porque el portero seguía con sus reverencias. No había forma humana ni divina de que dejara de prodigarme aquellas muestras de veneración que me sacaban los colores a la cara.

Tanto en la clínica como en el hotel, estaban obsesionados con que yo era princesa, así que me vi obligada a aclararles a todos que solamente soy hija de un duque.

–Eso es todo lo que me aproximo a lo que estáis pensando –precisé.

–¡Oh, un duque! –exclamaron todos, y yo creo que fue peor el remedio que la enfermedad. Metí la pata al tratar de aclarar la situación, pues a partir de ese momento se redoblaron las reverencias y los saludos solemnes. Para ellos todo esto es otro mundo, como de cuentos de hadas, de modo que todo eso les impresionaba mucho. Para complicarlo todo más, los Reyes me llamaban por teléfono al hotel con relativa frecuencia, así que la noticia cundió como mancha de aceite, y eso contribuyó a que se convencieran más aún de que yo era una princesa.

En resumidas cuentas, supongo que todo eso me permitió gozar de una posición especial. Por eso el trato que me dispensaron era distinto, más humano, más cercano. Además, yo era allí la única extranjera. De todas maneras, princesa o no, al doctor Peters sólo lo vi dos o tres veces en un mes.

A mí me asusta que en España estemos haciendo una copia de los hábitos de información americanos, de sus causas y de sus consecuencias, aunque todavía no hayamos llegado al grado de demencia absoluta que yo vi en aquel hospital norteamericano cuyo vestíbulo estaba atestado de abogados dándoles papeles y tarjetas a los pacientes, y animándolos a contratar sus servicios para ver si era posible sacarle algo al médico de turno o al mismo hospital.

Estaban por doquier, en la recepción, junto a la puerta, en los lavabos, detrás de las columnas, mezclados con los visitantes en la sala de espera, en la cafetería... siempre acechando, como vampiros. Y cuando por casualidad no estaban allí los abogados, todo el suelo del vestíbulo estaba alfombrado de octavillas, tarjetas, todos ofreciendo sus servicios. Tarjetas y anuncios que también dejaban en los parabrisas de los coches, o pegados con celo en las paredes exteriores del edificio. A veces incluso esta publicidad de los despachos de abogados llegaba hasta el hotel donde nos hospedábamos. No era raro encontrar sus tarjetas en los felpudos o en el ascensor.

Pero donde más presentes estaban era en la clínica. No se podía salir por ese vestíbulo, aunque una fuera en una silla de ruedas, sin que te asaltaran allí mismo, como una manada de lobos hambrientos. Nada más verte salir o entrar, empezaba el acoso, se acercaban rechinando los dientes como tiburones sedientos de sangre: «¿Quiere usted reclamar?», «¿Se han equivocado al inyectarle, al hacerle una transfusión, en los resultados de algún análisis, o al darle alguna pastilla?», «¿Ha sido víctima de algún diagnóstico erróneo?», «Aquí tiene mi teléfono, llámeme a cualquier hora del día o de la noche», «No dude en llamarnos si desea presentar alguna reclamación».

Allí cualquier paciente denuncia a un médico o al hospital, a las enfermeras, a los camilleros, al personal de laboratorio, a los que hacen autopsias, a las telefonistas, a las oficinistas. Con tal de sacar alguna tajada, algunos son capaces de denunciar hasta a los mozos de limpieza.

Allí las denuncias llueven, por cualquier cosa, por mínima que parezca. Reclamaciones, pleitos interminables, indemnizaciones. Eso crea una situación de crispación permanente. En cierta forma, más que un hospital, aquello parecía un campo de batalla legal, o un partido de rugby, con dos equipos enfrentados: de un lado, los pacientes, del otro, todo el personal del hospital.

Y en el medio, como árbitros, los omnipresentes abogados.

Como he dicho, el doctor Peters, de vez en cuando iba a verme, haciendo una excepción, porque se trataba de mí. Pero cada vez que aparecía por la clínica, para el resto de los pacientes, era como si hubiera aparecido Dios. ¡Una revelación, poco menos que un milagro! Y eso no puede ser un médico, un médico tiene que estar a nuestro lado, inspirarnos confianza, ayudarnos, explicarnos; incluso, si es necesario, tiene que ser capaz de mentirnos.

Y éste es un punto esencial. A mí me mintieron y considero que me hicieron un gran favor, porque gracias a esa mentira tuve ganas de luchar. Con sus engaños, mis familiares y mis médicos, me dieron la esperanza de que podía salir bien.

De manera que puesta ante la crucial pregunta, yo contestaría que sí, que en ciertos casos extremos estoy a favor de la mentira piadosa y en contra de la información «a la americana». Sin embargo, hay pacientes que quieren saberlo todo, aunque se trate de un diagnóstico muy grave.

La pregunta es: ¿hasta qué punto el médico debe decirle al paciente la verdad, toda la verdad, y nada más que la verdad? Yo quería saber la verdad, pero sólo «mi» verdad, la que me convenía saber. Pero está bien que me hayan engañado. Ya sé que es una contradicción, pero... ¿qué ser humano no tiene contradicciones?

Los médicos americanos, muy a pesar suyo, me engañaron. Yo tenía suerte, estaba muy protegida, no tenía que preparar nada ante la posibilidad de la muerte, así que me podían engañar. En otros casos, hay personas que tienen que dejar preparados testamentos, repartir herencias, etc... y entonces les dicen toda la verdad desde el primer momento para que tengan tiempo. Pero afortunadamente no era mi caso.

Desde luego, hay reacciones de todo tipo: hay pacientes que cuando les diagnostican el cáncer, se levantan, le dan una bofetada al médico, y se van diciéndole que es un inculto, un ignorante. Otros aparentemente reaccionan muy bien hasta que les dicen que van a perder el pelo. Entonces se echan a llorar, y se hunden en la miseria. Aguantan mejor el cáncer, que la calvicie. Los médicos se ven en un aprieto. Es angustioso para ellos. Nunca saben hasta qué punto pueden decir la verdad.

Pero para mí está muy claro. Considero que en la cabeza del paciente radica el cincuenta por ciento de su curación. En su fuerza de voluntad. Un paciente con ganas de luchar tiene muchas más posibilidades de salir adelante. ¿Y cómo se lucha? Se lucha evitando la depresión, haciendo planes para el futuro, conservando el sentido del humor, manteniendo el optimismo, tratando de hacer la vida de siempre, sin perder ni un segundo de vida.

Es cierto que me enfadé cuando supe que me habían engañado, me irritaba ir descubriendo poco a poco las mentiras, pero con el tiempo he tenido que reconocer que tanto mi familia como mis médicos hicieron muy bien. Sin embargo, hay médicos que son de la opinión de que al paciente hay que decirle toda la verdad desde el primer momento.

Pero yo soy de las que prefieren que le digan lo que quiere oír, que le dejen una puerta abierta, una esperanza, una posibilidad. Si me hubieran dicho la verdad desde el principio –como yo pedía–, no habría luchado con la misma alegría, ni con el mismo tesón. Si a mí me hubieran llegado a decir que me quedaban dieciocho días de vida, o tres meses, me habrían quitado toda la esperanza. Y no sólo a mí, a cualquiera le resultaría imposible luchar en esas condiciones. ¿Qué puede hacer una persona en dieciocho días o en tres meses? ¿Lo que hizo aquel que vendió todo lo que tenía, y viajó a Estados Unidos a pasárselo cañón? Le diagnosticaron un cáncer en fase terminal, y decidió tirar la casa por la ventana los últimos días que le quedaban, y cuando volvió a España descubrió que se habían equivocado de análisis, que los resultados que le dieron no eran los suyos, y para entonces ya estaba completamente arruinado: no tenía dinero, ni cáncer, ni nada.

Un amigo mío, al que conocí en Marbella durante una cena, me contó que le habían diagnosticado un cáncer aquí, en Madrid. Él y toda su familia se pegaron un susto de muerte, se marcharon corriendo a Estados Unidos, estuvo allí aproximadamente una semana haciéndose pruebas sin parar, y al final, le dijeron que no le veían absolutamente nada.

–¡Fíjate el susto que me han dado! –me dijo durante la cena–. ¡Lo mal que lo hemos pasado! ¡Ha sido una semana terrorífica, con mis hijos, mi mujer!

Y yo me lo quedé mirando y a lo mejor fui un poco cruel, pero le dije:

–Bueno, tú has conseguido el sueño de mi vida, yo hubiera dado veinte años de mi vida con tal de que me dijeran que se habían equivocado. Es lo que siempre he deseado oír, que me dijeran: «Nos hemos equivocado, no tienes nada». Tú has cumplido el sueño de mi vida, que se han equivocado.

Y él me contestó:

–Tienes toda la razón.

Fui un poco mala, sólo intentaba demostrar una vez más lo relativo que es todo en esta vida. Reconozco que es espeluznante que a alguien le diagnostiquen un cáncer sin que lo tenga, pero es mucho peor que te lo diagnostiquen y lo confirmen.

Como ya he señalado, hoy en casi todas partes existe ya, y es obligatorio, lo que llaman el consentimiento informado. En España ya ha empezado eso. No sólo hay que firmar, sino que hay que hacerlo sabiendo todo lo probable y lo improbable que puede surgir en el curso de la terapia. Es espantoso que a una le adviertan al hacerse un análisis de sangre de que corre un peligro mortal ya que podría sufrir un *shock* hipovolémico, que causa la muerte.

Y yo me pregunto: ¿en qué beneficia esto al enfermo? ¿Nos merecemos un trato tan cruel? ¿Por qué tenemos que saber tanto? No quiero decir que haya que engañar a nadie, pero hay muchas formas de hacernos saber y de decirnos la misma cosa. Sin ser tan brutales, ni inhumanos. Como decía un médico amigo: «Todos los enfermos son hijos, hermanos, padres de alguien como uno. Lo que no harías con tu hijo, tu madre, tu mujer, ¿por qué habrías de hacerlo con el hijo de otro, la madre de otro o la mujer de otro?».

Afortunadamente, también en Estados Unidos hay excepciones: la mañana de la implantación del Hickman, cuando la señora terminó con su siniestro interrogatorio, y se cerraron tras de mí las dantescas puertas de vaivén, se produjo finalmente una especie de pequeño milagro.

Habían permitido que mi marido me acompañara hasta la entrada, pero me quedé sola en cuanto rebasé las puertas. Yo estaba muy nerviosa y, cuando entré en el quirófano rodando encima de una camilla, apareció de repente el médico que «hablaba» español. El rato que este médico estuvo charlando conmigo fue algo más que un alivio. En su mezcla de inglés con español, insistió en que no me preocupara, pues él hablaría con el cirujano y me pondrían algo que me atontaría un poco. Nunca sabrá cuánto agradecí los minutos que me dedicó.

Con todo lo que había sufrido pensando en lo que me iba a doler la operación para instalarme el catéter resultó que al final me atontaron con algo y mi único recuerdo es una doctora que me daba unas tortitas en la cara mientras alguien me susurraba: «Mariam, Mariam...».

Una vez más se confirmaba que las vísperas son lo peor. Si hubiera sabido que era tan sencilla la instalación del tan temido catéter, me habría ahorrado un mes de sufrimiento. Lo cual demuestra que es un poco absurdo sufrir por algo que aún no ha pasado. El problema es ser capaz de dominar esa situación, esa espera, y yo sé muy bien que esto no siempre se consigue aunque lo intentemos.

La segunda fase del tratamiento consistía en ir todos los días a primerísima hora de la mañana para ponerme una inyección de Neupogen y hacerme una de esas «letales» extracciones de sangre. Duró unos diez días, más o menos. Fueron unos días tranquilos y poco a poco fui aprendiendo a convivir con aquel catéter que tan nerviosa me ponía.

Lo que intentaban inyectándome el Neupogen era subirme los leucocitos hasta llegar a una cifra cercana a los cincuenta mil. Esto provoca algunas molestias en las articulaciones. Pero en modo alguno es doloroso. Una vez alcanzado dicho objetivo, te «sueltan» dos días antes de empezar con el autotrasplante propiamente dicho. Mi padre nos dijo, a mi marido y a mí:

–Tenéis dos días libres, y como a Mariam ya no le van a hacer nada antes de entrar en el trasplante, os invito a un viaje al sitio donde queráis. Os vais los dos solitos. ¿De acuerdo?

Decidimos ir a Nueva Orleans, una ciudad que está cerca y que no conocíamos. Un sitio muy curioso, con su mezcolanza cultural, con sus pintorescas casas que combinan estilos de influencias españolas y francesas. Mientras tanto, mis padres y mi hermano Adolfo nos esperarían en Durham. Fue una especie de despedida y un viaje que nos sirvió para recargar pilas. Fuimos a los restaurantes más famosos, paseamos en barco por el Mississippi, hicimos compras, vimos los espectáculos callejeros...

Fue un auténtico respiro de aire puro (allí nada olía a Neupogen) y durante dos días casi conseguí olvidar lo que me esperaba. No obstante, todas las noches teníamos que limpiar el maldito catéter y los dos puntos que lo sujetaban. A mí me daba mucha impresión y era Fer, mi marido, quien siempre se ocupaba de hacerlo, aunque a él también le daba mucho repelús. Había que poner Betadine en la pequeña herida y una inyección de heparina para limpiar el Hickman. Por la noche, al acostarme, siempre sujetaba el catéter al camisón con un imperdible, pues me daba pánico que pudiera arrancármelo mientras dormía.

Antes de salir de viaje, en el hospital me entregaron una especie de guía de instrucciones y consejos bastante extravagantes. Entre otras cosas me informaban de la necesidad de acudir a la unidad de aislamiento, donde se realizaría el tratamiento del autotrasplante, con una serie de adminículos. Uno de ellos era un conjunto formado por veinticinco bragas nuevas que había que lavar en lavadora y secar en secadora dos veces, para después introducirlas, por separado, cada una en una bolsa de plástico.

Conseguir las bragas era bastante fácil. Bastaba con acudir a unos grandes almacenes y hacer la compra. Lo de la lavadora y la secadora ya era harina de otro costal. Evidentemente, nosotros no teníamos ninguna de esas máquinas y en el hotel nos dijeron que ellos tampoco las tenían, ya que enviaban todo a una tintorería. Mi marido enseguida creyó encontrar la solución.

–Mariam –me dijo–, he estado hablando con Michael Plumer (que era la persona encargada por el doctor Peters de atender a sus pacientes en aquello que pudieran necesitar) y me ha dicho que pasará a recoger las bragas a la hora de comer para llevárselas a su casa, lavarlas y secarlas.

Me quedé sin habla:

–¿Realmente te crees que le voy a dar todo eso a Michael? No se las doy ni muerta. Me moriría de vergüenza.

–Tú eres idiota, eres tonta– me dijo.

–¡Vamos, es que ni muerta!– exclamé yo, escandalizada.

El tamaño de aquellas bragas era espectacular. Yo estaba hinchada como un globo a causa de la medicación, los ciclos de quimioterapia, el embarazo... hinchada como un botijo, pesaba 90 kilos, y aquellas bragas parecían un surtido de paracaídas.

Como nosotros nos íbamos de viaje, mi hermano se ofreció amablemente para hacerse cargo del asunto y buscar una lavandería. Esto no era tan sencillo porque Durham no es una ciudad compacta, no existe como tal, son muchos kilómetros de carretera rodeados de árboles y bosques donde cada tantos metros aparece, aquí y allá, una casa, un hotel, un campo de golf, un centro comercial... Pero no hay un pueblo propiamente dicho, o al menos no como lo entendemos nosotros.

Cuando al fin encontró una lavandería, entró, metió las bragas en una lavadora y se sentó frente a la máquina fingiendo que leía un periódico. No tenía ningún interés en lo que decía el periódico, pero no sabía dónde meterse, de pura vergüenza, porque la lavadora tenía una ventana de cristal muy grande, redonda, y se veían las veinticinco bragas enormes, dando vueltas y vueltas. Y las señoras que estaban en la lavandería no dejaban de mirarlo. Él pensaba: «Dios mío, todas estas señoras que me miran deben de estar pensando que soy un psicópata o algo parecido».

Así que levantó más aún el periódico, desplegándolo al máximo, aparentemente muy interesado en las noticias, cuando en realidad sólo le interesaba cubrirse el rostro con el periódico que fingía estar leyendo. En fin, que lo pasó fatal, y cuando nos lo contó, nos moríamos de risa.

Nunca supe para qué servían esas instrucciones tan extrañas, y por supuesto nunca me puse aquellas bragas que enseguida tiré. Por otra parte, era imposible utilizarlas con la sonda que yo llevaba puesta, pues en cuanto llegué a la sala de aislamiento, lo primero que hicieron fue colocarme una sonda vesical (para la orina) y no pude ponerme nada en los cinco días que duró el tratamiento. Así que todo aquel esfuerzo resultó ser algo completamente inútil, absurdo.

V

Prohibido el sexo oral

Pero más absurdo que lo de las bragas fue lo de los anticonceptivos. Se trataba de otra de las recomendaciones que nos hicieron, y debo suponer que formaba parte de un programa de instrucciones estandarizado, que supongo que nos repartían a todos los pacientes, indiscriminadamente, por puro burocratismo. Lo de los anticonceptivos era mucho más kafkiano que la historia de las bragas. En aquel contexto hospitalario, era surrealismo en estado puro. A todas nosotras nos explicaron que mientras durara el tratamiento debíamos tomar anticonceptivos. Todo el mundo se quedó tan contento y no preguntó nada. Sólo yo levanté la mano:

–Pero... ¿cuánto dura el tratamiento?

–Cinco días, los cinco días que dura el autotrasplante– me contestaron los médicos que nos daban las instrucciones.

Intrigada, volví a preguntar:

– Y entonces, ¿para qué hay que tomar anticonceptivos? ¿Acaso tienen algo que le viene bien a la medicación? ¿Para qué tengo que tomarlos?

A lo que contestaron atónitos, como si yo acabara de aterrizar procedente de Marte:

–Para evitar un embarazo que sería muy peligroso en estos momentos.

Y entonces sí que me quedé atónita, como si los marcianos fueran ellos en vez de yo. Estaba alucinando. ¿Cómo iba una a quedarse embarazada en una cama de hospital, en una especie de Unidad de Cuidados Intensivos, con 27 litros de líquido dentro, casi inconsciente, como lela, medio ida, dentro de una habitación diminuta, llena de aparatos de monitores, repleta de tubos y sondas, frente a una ventana de cristal a través de la cual una señora me vigilaba, detrás de un ordenador, las veinticuatro horas del día?

Forzosamente tuve que imaginar que si avisaban sería porque algún chalado había intentado antes alguna violación en aquel hospital. Tal vez andaba suelto por allí algún pervertido, algún maníaco sexual, disfrazado de enfermero. Pero francamente yo no lo podía entender. Y lo que más me chocaba era que la única sorprendida del grupo era yo. Las otras lo encontraban todo de lo más natural.

Pero la cosa no acababa ahí. Porque entonces añadieron otra recomendación que tenía que ver con lo de los anticonceptivos, a saber, que también quedaba estrictamente prohibido el sexo oral. Viendo que todas seguían tan tranquilas como si nada, aleccionada, más bien cohibida, y para no decir nada inoportuno, esta vez no manifesté mi desconcierto, ni hice ninguna pregunta. Simplemente tragué en seco.

Cuando se lo comenté a mi madre, que casi se desmaya, me dijo: «Si me lo llega a decir a mí le pego un bolsazo al tiempo que le digo: "¡Pero bueno, ¿quién se ha creído usted que soy yo?"». Estaba indignadísima y los demás nos moríamos de risa al verla tan enfadada. Hay que reconocer que aquellas instrucciones eran increíbles.

Otras instrucciones tenían un poco más de lógica. Por ejemplo, después de los cinco días que duraba el tratamiento, tenía que ir con zapatos con calcetines. Cosa que me chocaba, pues yo nunca en mi vida había ido así. Tenía que llevar unas mallas, que es la prenda que menos costuras tiene, para que nada me rozase. Ni cinturones, ni hilos de nailon, nada de eso. Los zapatos tenían que ser planos.

Todo esto tenía como objeto evitar en los pacientes la más mínima herida. Estaba prohibido acudir a lugares donde hubiera grandes concentraciones de gente y, en el caso de que el paciente fuera capaz de comer algo, tenía que evitar todo tipo de frutas y verduras, crudas o guisadas, con o sin piel. Desde el mismo instante de saberlo, yo sólo quería comer frutas y verduras. Lo primero que hice, cuando me dieron permiso para ello, fue irme a un supermercado que había al lado y comprarme el plátano más grande que encontré. Me supo a gloria.

También estaba prohibido usar pendientes, maquillarse, cortarse las uñas, depilarse (caso de que aún quedara algún pelo). Mi aspecto era espeluznante. Como se está a cero leucocitos cuando se sale de allí, cualquier tontería, cualquier herida, por mínima que parezca, puede convertirse en una infección de caballo.

De modo que tampoco me dejaban ponerme mi maravillosa peluca, pues era de las que se pegaba al cráneo, y al despegarse, podía provocarme una pequeña herida. Así que de la noche a la mañana me vi transfigurada. Y yo me decía: «Voy a tener que salir a la calle como Yul Brinner. Vamos, que me muero». Todavía no me había visto en el espejo, y me horrorizaba la perspectiva de que me vieran calva.

En resumen, que de todas aquellas prohibiciones, la única que me provocó un pequeño problema era que no podía seguir usando mi espléndido pelucón, y sin él yo me negaba a salir a ningún sitio. Me negaba a que nadie, ni siquiera los de mi grupo de apoyo, me viera calva. Teníamos que encontrar rápidamente una peluca que se sujetara sin necesidad de pegarla a la cabeza. Y enseguida nos recomendaron a una señora que llevaba un muestrario de pelucas al hotel para que las enfermas allí alojadas se las pudieran probar tranquilamente.

La llamamos y nos trajo un montón de pelucas de Revlon. Las había cortas, largas, rubias, morenas, pelirrojas, fucsia, castañas, lacias, rizadas, con bucles y tirabuzones que caían por la espalda hasta la cintura... Mis tíos acababan de llegar con mis primos y en la habitación todos empezamos a probarnos las pelucas, muertos de risa. Nos las lanzábamos unos a otros, y corríamos a los espejos a ver cómo nos quedaban, en medio de estruendosas carcajadas. La señora que había traído las pelucas no podía salir de su asombro. «¡Qué gente más rara!», debía de pensar. Al final elegí una de pelo corto, que era como un pañuelo. La sacudías, zas, zas, la colocabas, y adelante. Y al día siguiente no había ni que pasarle un cepillo, nada, absolutamente nada. Y, además, tampoco había que pegarla, se sujetaba con una goma elástica y sanseacabó.

Otro de los puntos de la lista de instrucciones ofrecía la opción de apuntarse al tratamiento con el apoyo de un medicamento llamado Zofrán, un medicamento que ya había tomado durante la quimioterapia, en Pamplona, y que sirve para evitar los vómitos.

–¿Quién quiere hacer el tratamiento con Zofrán o quién sin Zofrán?–nos preguntaron a un grupo de pacientes.

– ¿Y ustedes qué aconsejan? –pregunté yo.

–¡Ah, nosotros no aconsejamos nada! Ésa es una decisión suya –me respondieron. Estaban, como siempre, cubriéndose las espaldas por si acaso ese medicamento acarreaba luego algún tipo de secuela.

–Pero –insistí– ¿cuál es su recomendación? ¿Cuál es la ventaja de una opción sobre la otra?

–Eso es algo que usted misma debe decidir –respondió el médico que en ese momento atendía al grupo de pacientes.

–Pero... ¿cómo voy a decidirlo yo? Yo no soy un médico, yo soy una paciente. Son ustedes los que han estudiado medicina... –empecé a protestar, pero era inútil. Era otra vez el síndrome del maldito sistema informativo americano, concebido para no complicarse la vida, para cubrirse en todo momento, para abrumarte con informaciones terroríficas en unos casos, y para encogerse de hombros y lavarse las manos como Poncio Pilatos en otros.

En resumidas cuentas, que fueron incapaces de darme una contestación. Se cuidan mucho. No se implican, no se involucran, no se encariñan con el paciente para nada. Antes de tomar ninguna decisión, llamé a Pamplona al doctor

Brugarolas y le pregunté, pues no estaba segura con respecto a lo que tenía que hacer. Él me dijo que, sin dudarlo, debía apuntarme al tratamiento con el apoyo del Zofrán.

De los cinco días que duró la intensificación de la quimioterapia, como yo prefiero llamar al autotrasplante de médula ósea, sólo recuerdo la entrada en el hospital y vagamente la salida. Me explicaron que durante esos días administran una droga que produce una especie de amnesia. Algunas personas, como en mi caso, no recuerdan nada, y otras recuerdan más o menos días enteros. Pero no conocí a nadie que recordara todo lo ocurrido perfectamente. De manera que pensar en estos días de hospitalización no me ha supuesto ningún tipo de trauma.

En Carolina del Norte, dentro del protocolo del doctor Peters, habían llegado a la conclusión de que tras un trasplante, cuando el riesgo de infección es enorme al no tener defensas, es más peligroso permanecer en la clínica, donde pululan todo tipo de bichos, que salir de ella. De acuerdo con esto, nada más terminar el trasplante me mandaron al hotel que estaba al lado de la clínica de día. En aquel hotel había mucha gente que se recuperaba de lo mismo que yo. Unos tardaban más tiempo en recuperarse que otros.

Desde luego, psicológicamente me ayudó mucho salir del hospital. Aunque la planta alquilada para los pacientes y el ascensor olían igual que la clínica de día, o sea, a Neupogen, un olor que llegó a producirme auténticas náuseas. Cada vez que subía en el ascensor, me ponía mala. Ese efluvio tan particular siempre me recordará aquellos días. Es curioso, pero los que estaban conmigo no notaban ningún olor especial o, al menos, no les afectaba tanto como a mí.

Desde el momento en que se llega a la aplasia total, es decir, cero leucocitos, hay que empezar a observar una serie de cuidados y una higiene y una vigilancia exhaustivos. En cuanto salía del hospital, tenía que someterme a una rutina. Todos los días a las siete de mañana –media hora antes si tenía que hacerme una radiografía de tórax–, debía acudir a la clínica de día donde me realizaban una extracción de sangre, que analizaban en el momento, para decidir si necesitaba una transfusión de algún tipo y, de paso, echar un vistazo a mi estado general. También manteníamos una charla sobre la evolución de los síntomas durante las últimas horas.

Yo casi siempre me encontraba bien y a las ocho estaba lista para marcharme de nuevo al hotel. Nunca entenderé aquel horario, hacer levantarse tan pronto a un enfermo, que normalmente tiene dificultades para dormir, no me parece muy aconsejable. Y eso sin contar con que a las ocho de la mañana me encontraba con todo el día por delante, sin tener nada que hacer, lo que convertía cada hora en una eternidad.

Aquellos horarios demenciales me recordaban la época en que mi padre era presidente del Gobierno: sus sesiones de trabajo duraban hasta altas horas de la noche y empezaban al otro día muy temprano. Así que cuando nosotros nos íbamos a la cama, él no había llegado a casa, y cuando nos levantábamos para ir al colegio, ya se había ido. Un horario de locos.

Pero como el cáncer es una enfermedad en la que siempre estás esperando algo, la noción del tiempo en cierta forma se comprime. Siempre estamos esperando a que nos hagan análisis, y después a que nos den los resultados, a que nos hagan revisiones y a conocer sus resultados, a que nos pongan una medicación y a que vean cómo respondemos, a terminar un tratamiento para comenzar otro... Hay momentos en los que me parecía que aquello nunca iba a terminar y que jamás iba a volver a mi vida normal.

Durante este tiempo hay que llevar un cuaderno que entregan en la clínica. En sus páginas los acompañantes tienen que apuntar, día tras día, todas las pastillas que administran, unas treinta, a veces más, porque es frecuente vomitar todo lo que se toma los primeros días, incluidas las píldoras. También hay que anotar el número de deposiciones y micciones cada veinticuatro horas, acompañando dicho dato de la cantidad aproximada expresada en galones y libras. Esta operación es complicada pero, al mismo tiempo, se convierte en una fuente constante de risas.

Si algo desaparece por completo en este período es la intimidad. Hasta las evacuaciones de vientre se convierten en tema de conversación común y todo el mundo acaba preguntando y discutiendo sobre su forma, tamaño y colorido. He de reconocer que acabé hablando del tema con naturalidad, pero he de confesar, también, que nunca dejó de violentarme un poco. Me daba muchísima vergüenza que todos supieran qué hacía, cuándo lo hacía y cuál era su aspecto.

También había que llevar una especie de bolsito atado a la cintura, más conocido como «riñonera», que lleva dentro una pequeña máquina, un dosificador, que va introduciendo, a través del catéter, el Hickman, el famoso Neupogen que estimula el aumento de los leucocitos.

Gracias a la «riñonera» podía moverme por donde quisiera. Iba de compras o a dar paseos, ya que la máquina se detiene automáticamente cuando se acababa el medicamento. Lo único que debes hacer es limpiar el catéter con una inyección de heparina porque una vez finalizada la introducción, puede desenchufarse y ya está.

En mi caso, todo este proceso duró unos quince días porque una vez más, y gracias a Dios, mi reacción fue fantástica. Batí el récord en velocidad de recuperación de leucocitos de los últimos diez años, ganándole a otras mil trescientas personas que se habían sometido al mismo tratamiento. La verdad es que Dios me dotó con una naturaleza a prueba de bomba y todos los días le doy las gracias por ello.

Antes de marcharme, tenían que quitarme el Hickman. Había tenido miedo al ponérmelo y ahora me daba pánico quitármelo. Me habían dicho que lo retiraban valiéndose del «sofisticado» método del tirón. Y así fue. El dolor duró unos segundos y entonces el médico apretó con todas sus fuerzas, que eran muchas, en la zona del agujero para evitar una hemorragia. Y eso dolió más. Sin embargo aquel dolor no fue nada comparado con lo que vendría después.

Yo no podía ni imaginar lo que iba a suceder a continuación: el momento más dramático de mi vida. Estábamos el médico y yo solos en una habitación y, nada más acabar, y mientras me levantaba de la camilla, él se sentó y empezó a leer a media voz mi historial, que acababa de sacar de una carpeta. Leyendo entre dientes, dijo: «Enferma de veintinueve años con cáncer de mama y metástasis en hígado, pulmón y cerebro...».

Yo, toda inocente, le comenté: «Perdone, pero me parece que se ha equivocado de historial». En ese mismo momento me di cuenta de que allí había gato encerrado, de que la única equivocada era yo.

«Me han engañado como a un chino», pensé. De golpe y porrazo lo supe todo, todo lo que me habían estado ocultando desde el principio. Yo había estado viviendo todo ese tiempo en una especie de universo paralelo. Todos vivían en un plano en el que sabían toda la verdad, con pelos y señales. Y yo había vivido aislada, flotando en otro planeta, en un mundo artificial, casi de ensueño. Saberlo fue como pasar de Disneylandia a las peores calles del Bronx.

Mi grupo de apoyo había conseguido guardar el secreto sobre mi verdadero estado hasta el último momento. Acababa de enterarme de cuál había sido mi diagnóstico verdadero y estaba furiosa porque me lo habían ocultado. Llorando como una loca, salí de aquella habitación y me dirigí a la sala de espera, donde estaba mi hermano Adolfo. El pobre pagó el pato, empecé a hacerle reproches, enfadada, por haberme mentido, y todas las señoras que estaban allí se pusieron en contra de él y a mi favor.

Se armó tal revuelo que el doctor Peters vino corriendo desde el hospital hasta la clínica de día para hablar conmigo y explicarme que el engaño había sido una decisión tomada por mi familia al comienzo de mi enfermedad y que, aunque él nunca estuvo de acuerdo, había decidido respetar la petición de restringir la información que me daban. Los médicos no querían engañarme, pero obedecieron a mis padres.

Me asombró ver aparecer de pronto al doctor Peters, y lo que más me chocó fue ver cómo lo recibía la gente que estaba allí. Todos se callaron al instante. Era como una aparición divina. Por lo demás, fue muy cariñoso, y se deshizo en disculpas por el modo en que me había enterado de la verdad. También me dijo que, aunque él no era adivino, creía que mi respuesta a la terapia había sido formidable y que tenía un buen futuro por delante.

La poca o mucha tranquilidad que pensaba obtener al acabarse todo aquello, se resquebrajó, ya que buena parte de mis esperanzas de futuro se habían basado en la existencia de un diagnóstico precoz de un cáncer de mama y en un tratamiento bastante agresivo que me abría un poco más las puertas hacia un porvenir más despreocupado.

Desde el momento en que supe la verdad empecé a darle muchas vueltas a la cabeza. Y llegué a la conclusión de que no había habido ni un solo un momento en el que la verdad me hubiera podido ayudar. Estaba bien así.

El 1 de junio, un mes después de nuestra llegada, partíamos con destino a España. Yo estaba desesperada por llegar a mi país para poder votar en las elecciones del 6 de junio de 1993, que era la meta que me había propuesto. Las enfermeras me miraban atónitas cada vez que yo manifestaba mi vehemente deseo de regresar a España para votar. Más tarde me confesaron que pensaban: «Además de enferma, está loca, completamente loca».

El día de mi partida, se me acercó un médico para decirme:

–Bueno, nosotros por rutina, antes de que el paciente se marche, repetimos la prueba de extracción de la médula ósea.

Y yo le dije:

–Pues si es por rutina, se la hace usted a quien se preste a ello, porque a mí sólo me la hacen si es indispensable. Desde luego si es por rutina no me la hago. Eso se lo garantizo.

Lloré tanto, a causa de la emoción, al despegar el avión del aeropuerto de Durham que el sobrecargo debió de pensar: «¡Dios mío, ésta sí que tiene miedo al avión!». Cuando íbamos a aterrizar en Madrid, no había frondosos y verdes bosques como en Carolina; es más, el paisaje era bastante feo... Pero a mí me pareció que llegaba al paraíso terrenal. Todo había salido bien, estaba de vuelta en casa y podía abrazar de nuevo a mis hijos.

Había echado mucho de menos a Alejandra, siempre al retortero con su estetoscopio. Y al más pequeño, al «niño milagro». Durante mi estancia en el hospital norteamericano, muchas veces pensaba lo que daría por poder levantarme cada tres horas para darle de comer o cambiarle los pañales. Me había perdido su primer mes de incubadora y luego otro mes en América. Lo había dejado con dos kilos y medio en Madrid y, ahora, al volver, pesaba casi cinco. No había podido estar con él en una época muy especial para cualquier madre. Había añorado muchísimo a mis hijos, a pesar de que se habían quedado con la «tita», la niñera que nos cuidó a mis hermanos y a mí cuando éramos pequeños, y de que eso me había dado una tranquilidad absoluta.

Y ahora, al regresar a casa, me moría por verlos y achucharlos. Y también estaba loca por comer cosas españolas. En particular me entró el antojo de comer fuet. Mi desilusión fue brutal. Cuando me metí el primer trozo en la boca sentí como si chupara y tratara de masticar un pedazo de hierro. Era un sabor metálico asqueroso, debido a los medicamentos que me habían administrado, sobre todo al autotrasplante.

Daba igual que comiera carne o pescado, verduras, dulces... todo me sabía igual. A acero. Transcurrió más o menos un mes hasta que aquello se me pasó, un tiempo durante el cual vomitaba con frecuencia. Unos vómitos con sabor a acero.

VI

La radioterapia

Treinta días después de nuestra llegada a España, mi marido y yo regresamos en un vuelo directo a Durham, con el fin de someterme a la primera revisión tras el trasplante y hablar con el especialista que allí nos atendió sobre la posibilidad de tratar con radiación la mama y el cerebro.

Cuando el avión sobrevoló los bosques tan típicos de Carolina del Norte empecé a vomitar de nuevo. Lo mismo me pasó al llegar al hotel y al hospital. Todo me recordaba el trasplante y me producía unas náuseas de vértigo. Creo que esa reacción tuvo más bien una causa psicológica que de otro tipo, pero me resultaba imposible controlarme. Todos los contrastes que me dieron para realizar el escáner los tenía que mezclar con *ginger ale*. Era asqueroso y vomité uno tras otro hasta que se cansaron y decidieron ponerme sólo un contraste intravenoso.

La revisión –el escáner y unos análisis– fue satisfactoria. El doctor Peters me dijo: «No tengo una bola de cristal, pero yo diría que estás curada». Después de una entrevista con el radiólogo, que estaba muy empeñado en tratarme allí –a lo cual me opuse, pues no quería ni pensar en pasarme en Durham un mes más–, acordamos que el tratamiento continuaría en Madrid, cuanto antes, y que se radiarían mama y cerebro al mismo tiempo durante el mes de julio.

Me recomendaron que acudiera al doctor Felipe Calvo en la clínica madrileña de San Francisco de Asís. En realidad, era más que una recomendación: sólo accedían a que me radiaran en España si era este médico el encargado de realizar el tratamiento.

Volvimos inmediatamente a Madrid, donde me entrevisté con el doctor Calvo, quien decidió, junto con el doctor Brugarolas, radiar primero la mama y la axila afectadas durante el mes de agosto y, después de un descanso, en noviembre y diciembre, el cerebro. No había indicios de enfermedad por ninguna parte y correr, administrando tantas dosis de tratamiento, podía ser perjudicial.

Después de esto el doctor Brugarolas decidió, de acuerdo con el doctor Peters, iniciar un nuevo tratamiento: la inmunoterapia. Recibí cinco sesiones. A la quinta, toqué fondo. Me puse malísima, no podía tirar de mí, la tensión arterial era muy baja y me picaba todo el cuerpo. Fue una especie de reacción alérgica que indicaba que ya tenía bastante de este tratamiento. Aquí acabó la inmunoterapia.

Antes de empezar a radiarme me hicieron unos estudios en un escáner. Lo ponían en marcha y lo iban parando para tatuarme unos puntos diminutos en la piel. Me daban un pequeño pinchazo y me ponían una gotita de tinta Pelikan encima. No me dolió, sólo me sorprendió.

Conservo esos diminutos tatuajes, los tengo de color negro y verde, y algunos pueden llegar a confundirse con diminutos lunares. Todos estos puntitos les servían luego de guía para colocarme en la misma postura en la camilla debajo del acelerador de partículas, que es la máquina con la que aplican las radiaciones. Es fundamental que el paciente esté colocado con precisión y siempre en la misma postura. También me colocaban una especie de molde que servía para delimitar la zona de la radiación.

Cuando me acostaban en la camilla y los médicos salían de aquella habitación que parecía una caja fuerte gigante, yo empezaba a pensar: «Si respiro más fuerte, me voy a mover y me van a dar los rayos en otra parte». Y entonces no respiraba, pero cuando se me acababa el aire, tenía que respirar hondo y pensaba que eso era peor, y entonces se me olvidaba cómo se respiraba normalmente. Siempre que empezaban los pitidos que indicaban que la máquina se ponía en marcha, yo empezaba a sentirme incapaz de respirar de una manera normal. Tardaba más yo en desnudarme y en vestirme que la máquina en hacer su trabajo.

Como ocurre con el resto de los tratamientos contra el cáncer, la radioterapia persigue matar células cancerosas y para ello utiliza rayos X de alta frecuencia, haces de electrones o isótopos radiactivos.

Después de la radiación, algunas células mueren inmediatamente. Pero la mayoría lo hace porque la radiación causa tales daños en los cromosomas y en el ADN que impide el crecimiento de nuevas células, ya que éstas no pueden volver a dividirse y continuar así su proceso de reproducción.

Los efectos secundarios más frecuentes son la fatiga y el malestar general y algunas quemaduras o eritemas en la zona por la que se introducen los rayos. Las quemaduras se parecen a las producidas por el sol, y pueden ser de mayor o menor intensidad dependiendo de las dosis que se administren y del tipo de piel que tengamos. Yo, gracias a Dios, no me quemé nunca, sólo tuve la zona enrojecida y con un poco de picor. También se pueden producir otros efectos dependiendo de la zona que traten. Si es el abdomen, pueden aparecer náuseas y mareos.

De todos los tratamientos que he recibido a lo largo de estos años, el más llevadero ha sido sin duda la radioterapia. Sólo tuve la incomodidad de ir todos los días durante meses a radiarme, y las largas esperas. Pero fuera de eso, una vez más todo fue bien y mi respuesta volvió a ser bastante buena. Como siempre, conocí a más personas buenas y preparadas: no sólo al doctor Calvo, que es estupendo, sino también a su equipo de médicos y de enfermeras.

Entre pitos y flautas, viajes y fiestas, acabé este tratamiento el día de la lotería de Navidad. Terminé de la radioterapia aquel 22 de diciembre de 1993, día en que me tocó «el gordo» de verdad. Por fin todo había terminado. A partir de entonces sólo tendría que someterme periódicamente a revisiones. Al principio cada mes, luego cada mes y medio.

Como he dicho, lo más desesperante eran las largas esperas. Normalmente, cuando entramos a formar parte de ese exclusivo club que frecuenta los hospitales, pasamos buena parte del tiempo en las conocidas salas de espera. Y esto constituye una experiencia digna, cuando menos, de mención.

Allí se dan cita personas de todo tipo y, según van pasando los minutos, la gente comienza a entrar en confianza: no en vano llevan varios días coincidiendo en esa sala y esperando juntos.

Poco a poco empiezan a cambiar impresiones, experiencias, anécdotas... Y aquello acaba convirtiéndose en una especie de mercadillo, donde todos comparan sus tratamientos con el del señor o la señora que tienen sentado enfrente, sin comprender en ocasiones por qué a él o a ella no le hacen lo mismo que a la persona que está a su lado; algo que ocurre también cuando se discuten las diferentes posiciones en las que colocan a los pacientes para aplicarles la radioterapia –de lado, en decúbito supino, en decúbito prono–, de modo que también se preguntan por qué a ellos no los han puesto de la misma manera.

Poco a poco se pasa a comentar, sin ningún recato, la desgracia de un conocido que tenía un tumor en tal o cual sitio, y lo poco que duró el pobre. Si por casualidad resulta que el que espera al lado y está callado padece algo semejante a lo del «pobre que duró tan poco», enseguida palidece, aunque trate de disimularlo. Y si desafortunadamente resulta que la persona que está al lado del narrador de desgracias eres tú, rápidamente sientes cómo la sangre se retira de tus venas y un nudo se apodera de tu garganta, impidiéndote casi la respiración. Por supuesto, todo esto sucede mientras tu rostro trata de permanecer impasible.

En ocasiones, sin tener la más mínima intención, me veía envuelta en una de estas conversaciones. Era cuando alguno de los contertulios se dirigía directamente a mí para saber quién era, cuántos años tenía, qué tipo de tumor padecía y, sobre todo, qué cosas me hacían y en qué posturas me colocaban durante las distintas fases del tratamiento.

Intentando escapar, me iba a dar una vuelta, a distraerme un rato caminando por el pasillo, momento que solía coincidir con la llegada de un enfermo al que le habían hecho algo que a mí me parecía terrorífico. Y entonces comenzaba a pensar que a mí me iba a suceder lo mismo. Era como esperar en la antesala del infierno.

Siempre me ha entusiasmado hacer crucigramas pero, sin duda, las horas transcurridas en las salas de espera reavivaron en mí la pasión por este pasatiempo.

VII

La inmunoterapia

Así las cosas, comenzaron las revisiones y todo fue bien durante un año. Pero en mayo del año siguiente, 1994, durante una revisión rutinaria, me vieron «algo» en el pulmón derecho. Teniendo en cuenta mi historial, decidieron intervenir y extirparlo. Ese «algo», no el pulmón. El 31 de mayo de 1994 extirparon el trozo de pulmón preocupante. En términos técnicos fue una operación de pulmón para resección de nódulo pulmonar del lóbulo superior derecho.

Los resultados del examen patológico revelaron que eran células cancerosas encapsuladas y alojadadas en la zona cicatricial producida por la operación en la que me quitaron el primer tumor. No encontraron nada más en la zona de la sombra.

Me explicaron que realmente no se podía considerar como una recidiva –es decir, la reaparición de la enfermedad–, ya que alrededor no se veía nada más y la cápsula donde se encontraban las células estaba completamente cerrada. Podían ser restos de la enfermedad anterior que se habían refugiado en una cicatriz. Por lo visto las células cancerosas se refugian en las cicatrices porque allí son menos vulnerables al ataque de tratamientos tales como la quimioterapia o la radioterapia.

La noticia nos cogió a todos un poco por sorpresa. Desde el mes de diciembre en que había acabado la radiación, todas las revisiones indicaban que estaba limpia. Después de la revisión del 25 de febrero incluso echamos las campanas al vuelo. Había pasado un año y, a juzgar por la clase a la que pertenecía mi tumor, si tenía que reproducirse debería haberlo hecho ya.

No recuerdo esta operación como algo especialmente doloroso. Durante el posoperatorio tenía que intentar subir los dedos por la pared, como si éstos caminaran, y así, poco a poco, empezar a levantar el brazo derecho. Otro ejercicio consistía en tratar de tocarme la oreja izquierda con la mano derecha pasando el brazo por encima de la cabeza, algo que al principio cuesta, pero que no es doloroso.

También debía soplar en un aparato que me dieron en la clínica. Eso ya me costaba un poco más, porque tenía que soplar en un tubo hasta quedarme sin aire y entonces sí que me dolía toda la parte derecha, donde estaba la cicatriz que recorría el costado en línea recta hasta llegar a tocar el pecho.

Después de la operación, no tardé mucho en recuperarme, pero este episodio me colocó en las puertas de ese nuevo tratamiento: la inmunoterapia. Tras la primera operación del pulmón derecho, el doctor Brugarolas y el doctor Peters decidieron comenzar con este nuevo tratamiento, cuyo objetivo es activar el sistema inmunológico. Se basa en la idea de que éste está diseñado para atacar y destruir cualquier sustancia extraña que aparezca en nuestro cuerpo, lo que le permite jugar un papel importante en la destrucción de las células cancerosas.

Para cada sesión iba un viernes por la mañana al hospital de día de la Clínica Universitaria de Pamplona. Allí procedían a la extracción de sangre con un procedimiento prácticamente idéntico al del autotrasplante. Me aplicaban una vía en cada brazo, sacaban sangre de uno de ellos, la pasaban a través de una máquina, que seleccionaba las células capaces de crear otras nuevas, y el resto lo volvían a introducir a través de la vía abierta en el otro brazo.

Este proceso duraba entre tres y cuatro horas. De vez en cuando la cosa se atascaba y había que reprogramar la máquina. Mis venas en aquellos momentos estaban muy deterioradas debido a todos los tratamientos anteriores, lo que complicaba bastante esta operación. Las células extraídas, los linfocitos, se enviaban al laboratorio, donde eran activadas con interlukina II convirtiéndolas así en células LAK.

El lunes siguiente a la extracción, llegaba en el avión de la tarde a la clínica e ingresaba en una habitación, y, una vez más, me pinchaban para poder introducir por vía intravenosa las células LAK. Antes de empezar, me daban antitérmicos y antihistamínicos para intentar controlar la temperatura y una posible reacción alérgica.

En cuanto introducían la medicación empezaba a tiritar, presa de un frío espantoso. Y cuanto más subía la fiebre, más frío tenía. El temblor casi me impedía hablar. Me iban poniendo edredones, uno detrás de otro, hasta que terminaba el goteo y la fiebre empezaba a bajar. Entonces comenzaba el proceso contrario: como consecuencia de la bajada de temperatura, sentía un calor horroroso, y poco a poco me iban quitando los edredones. La fiebre llegaba a 39°, 40°.

Esa noche permanecía en la clínica y cada cierto tiempo me iban controlando las constantes: me tomaban el pulso y la tensión, me ponían el termómetro y lo iban apuntando todo. A la mañana siguiente, si todo estaba en orden, me daban el alta y podía regresar a Madrid.

Antes de marcharme, me ponían en el brazo una inyección de interlukina. Al poco rato aparecía un bulto en la zona donde me habían pinchado, un bulto que poco a poco se iba poniendo duro como una piedra. Durante tres días me tenía que poner dos inyecciones diarias de interlukina, una por la mañana y otra por la noche, alternando los brazos, que acababan doloridos y llenos de cardenales.

Al principio, después de las primeras sesiones, no notaba muchos efectos secundarios. Pero poco a poco, según iban pasando los días, me iba sensibilizando... Y los efectos secundarios –algunos simplemente curiosos, otros francamente molestos– fueron apareciendo con mayor intensidad.

Conforme iban sumándose las sesiones empecé a sentir náuseas, erupciones cutáneas que picaban bastante, pérdida del apetito –increíble en mí–, y una especie de obsesión por comer tomates y sólo tomates. Lo más curioso es que yo siempre los había odiado y ahora no podía comer otra cosa. No sé si esto tiene alguna explicación científica, pero a mí me pasaba siempre después de un tratamiento con interlukina.

La última sesión, la quinta, coincidió con un tratamiento de quimioterapia que tenía que recibir mi madre, quien entre tanto también había caído enferma. Cuando parecía que yo me estaba curando, que iba por buen camino, ella enfermó de cáncer. Ella siempre decía que rezaba para que me quitaran el cáncer a mí y se lo dieran a ella. Yo le decía: «Pero qué estupidez. Ya me lo han dado a mí; que no se lo den a nadie más».

Me daba mucha rabia que dijera eso, pero ella siempre pareció sentirse culpable, porque estaba en cierta forma preparada para que le pasara a ella, ya que su madre y sus tías habían muerto de esta enfermedad. Llegamos a la clínica por la tarde y yo me quedé ingresada para ponerme las células LAK. A la mañana siguiente ingresó mi madre y yo me levanté, me vestí y me fui con todos a su habitación, que estaba justo al lado de la mía.

Me encontraba fatal, no tenía fuerzas para nada y acabé tumbada en la cama de al lado, junto a ella. Formábamos un conjunto patético. Yo tenía la tensión por los suelos. Intentaron sacarme sangre para analizar, me pincharon varias veces, pero no consiguieron que saliera ni una gota. Estaba muy débil, tenía erupciones por todas partes y me picaba todo el cuerpo.

Esto significó el final del tratamiento de inmunoterapia. Los efectos secundarios eran lo suficientemente fuertes como para superar los posibles beneficios que pudiera ofrecer una nueva sesión.

Es un tratamiento un poco pesado, pero bastante soportable. Hoy en día extraen toda la sangre que van a necesitar en una sola sesión. La almacenan y luego se la van inyectando al paciente en cada tratamiento.

Continuaron las revisiones y en el mes de marzo de 1995 fui a Pamplona para someterme a una de rutina. Entre las pruebas que hacen habitualmente está el TAC torácico, un tipo de escáner. Sé que es una tontería, pero odio esa máquina con toda mi alma. Muchas veces me ha dado malas noticias y cada vez que debo pasar por ella me tiemblan hasta las pestañas.

En esta ocasión la máquina volvió a traicionarme. Encontraron, en la zona del pulmón derecho, un engrosamiento de pleura y una pequeña sombra en la cicatriz que había quedado de la última intervención quirúrgica. Era un punto diminuto y me dijeron que probablemente se trataba de un vaso sanguíneo. Al ver que los médicos no le daban ninguna importancia, conseguí calmarme un poco. Nos despedimos y quedamos en volver a vernos tres meses después para poder valorar de nuevo el hallazgo.

En junio acudí de nuevo a Pamplona para someterme a otra revisión. Las dos imágenes continuaban exactamente iguales. Quizá la pequeña sombra de la zona cicatricial había aumentado ligerísimamente. Decidieron esperar un mes más para volver a repetir el escáner torácico con el fin de asegurar la evolución de las imágenes. La angustia reapareció de nuevo.

Mientras tanto llegaron las vacaciones de verano, tenía por delante todo un mes libre y decidí intentar olvidarlo todo y disfrutar. Lo primero era casi imposible, porque dentro de mí siempre estaba la duda, la sospecha, la desazón... Lo segundo lo conseguí por completo.

Pasamos la última quincena de julio en Mallorca con mis padres y los primeros quince días de agosto en Marbella. Descansé, disfruté y me reí todo lo que quise y más. Creo que la risa es una de las mejores medicinas que existen. Recomiendo a todos los pacientes que no permitan que nada ni nadie, ni siquiera la enfermedad, les arrebate el sentido del humor. La risa es una gran terapia que nos ayuda a mantenernos fuertes y alegres. Con sentido del humor es más fácil enfrentarse a las dificultades que van apareciendo con la enfermedad.

Las bromas constantes siempre me habían acompañado y lo siguieron haciendo durante mis tratamientos. He sido capaz de reírme durante mi padecimiento. Si bien es cierto que al principio se trataba de un humor un poco negro, eso me ayudaba a restarle importancia a todo lo que me estaba sucediendo.

Tanto mi entorno familiar como mis amistades siempre están de broma, y durante todo este tiempo, gracias a Dios, me han ayudado mucho, sin dejar de ser, ninguno de ellos, como siempre habían sido. Me trataron igual que antes, me ayudaron sin hacerme sentir distinta por la enfermedad y eso fue algo realmente maravilloso.

Al principio, lógicamente, todos mis amigos estaban bastante asustados, y no sabían muy bien cómo tratarme. Es normal. No sabían qué decir. Yo lo entiendo, porque sé que es una situación complicada. Algunos se hacían un lío a la hora de manifestarme su aprecio, no sabían muy bien cómo comportarse, cómo dirigirse a mí y, a veces, con el afán de expresar sus sentimientos, todo se complicaba y era peor, pues en ciertas circunstancias lo mejor es no decir nada.

Pero mis amigos se mantuvieron iguales, la relación entre nosotros no cambió porque tuviera un cáncer. Lejos de perder ningún amigo, hice muchas y magníficas amistades en los hospitales, no sólo entre los enfermos, sino también entre las enfermeras, los médicos y el personal técnico que me han atendido.

Ya de vuelta en Madrid, me comunicaron que debía volver a Pamplona el 18 de agosto de 1995. En esta ocasión me acompañaba mi marido y ya en el escáner empezó mi paranoia particular, y mis negociaciones con el Espíritu Santo y mis rosarios se veían interrumpidos una y otra vez, cada vez que entraba y salía de la máquina.

Imagino que es algo que todos sentimos cuando debemos enfrentarnos a una revisión, pero me asusté de verdad cuando se acercó mi médico para comunicarme que iban a ponerme un contraste para confirmar o descartar, definitivamente, si en realidad esa sombra era la de un vaso sanguíneo dilatado o no. En pocos minutos confirmaron que no era ningún vaso dilatado, ya que el contraste intravenoso no había rellenado la imagen de aquella pequeña inflamación.

Yo seguía aterrada, tumbada en la camilla, cuando se acercaron mi marido y el doctor Brugarolas. Estaba muerta de miedo. Mientras se aproximaban, yo pensaba y rogaba: «¡Dios mío, otra vez no!». Me costaba respirar, tragar... y rompí a llorar nada más verles las caras.

Cuando conseguí calmarme un poco, el médico me dijo que había que pensar en muchas cosas aún, pero que contase con una intervención para extirpar aquello, una sombra diminuta que medía 12 mm × 6 mm. La pesadilla había vuelto. Me vestí como pude y estuvimos hablando con él sobre posibles opciones. Quedó en pensarlo con más detenimiento y en consultar con los radiólogos y los cirujanos antes de comunicarnos su decisión.

Se optó por radiar primero para luego operar. He de reconocer que, desde un principio, me convencí de que al final no habría operación y cometí el error de no ver lo evidente, de no escuchar lo que tan claramente me decían.

Había un pequeño problema. En 1993 ya me habían radiado la mama derecha y, por lo tanto, había que intentar no sobrerradiar una zona tratada anteriormente y que en la actualidad estaba sana, para así evitar nuevas complicaciones.

En esa época había llegado a Pamplona un nuevo programa informático con imágenes tridimensionales que permitía un estudio de mi caso casi al milímetro. En septiembre, después de varios estudios, empezaron, una vez más, las sesiones de radioterapia, que durarían siete semanas.

Me radiaron otra vez en el Hospital San Francisco de Asís, y de nuevo estuve bajo el cuidado del doctor Felipe Calvo y su magnífico equipo. El tratamiento fue un éxito. Antes de finalizar, y a pesar de que no podía recibir dosis curativas para evitar la sobrerradiación, el engrosamiento de pleura y la pequeña sombra del pulmón habían desaparecido casi totalmente. Teniendo en cuenta que los efectos de la radiación son acumulativos, un resultado tan bueno a mitad del tratamiento era realmente espectacular. Animada por esta noticia, pensé que con un poco de suerte a lo mejor me libraba de la operación.

El plan era radiar, esperar un mes e intervenir para extirpar el lóbulo superior del pulmón derecho en una operación que llamada lobectomía. Preferían operar una zona ya radiada por si alguna célula se había escapado a otras áreas, y porque el tumor era tan pequeño que al abrir podían cortarlo y, en caso de ser malo, extender la enfermedad. Ésa fue la razón para radiar antes de intervenir quirúrgicamente.

Pero al finalizar la radiación ya estábamos a mediados de noviembre, lo que situaba la operación en la segunda quincena de diciembre, justo antes de las navidades. Hablé con el doctor Brugarolas y quedamos en que la operación tendría lugar en la semana del 15 al 21 de enero del nuevo año, 1996. Más tarde se fijó como fecha el día 19, viernes, a las ocho de la mañana.

Esto me permitió pasar unas vacaciones tranquilas, incluyendo unos días en la nieve con mi marido y mis hijos. Fue una semana maravillosa que me permitió estar muy relajada los días anteriores al «programa de festejos», como yo lo llamo.

El día 18 por la tarde tomamos el avión para Pamplona. Me acompañaba mi habitual grupo de apoyo aunque con algunos cambios. Mi hermano Adolfo vivía entonces fuera de España y tomaron el relevo Laura, mi hermana mediana, y Javier, el pequeño. El resto eran los mismos de siempre: mi marido y mis padres.

El vuelo se me antojó cortísimo. Llegué incluso a rezar por un retraso, pero en esta ocasión la compañía aérea fue de lo más puntual. Ni siquiera encontramos tráfico camino de la clínica.

Allí nos esperaba, como siempre, una enfermera estupenda, llamada Carmen López, que enseguida nos condujo a la tercera planta, dedicada a este tipo de «eventos». Allí estaba otra «vieja» amiga, Teresa, que ya se había encargado de mí en la anterior operación del pulmón, en el verano de 1994. Y allí me llevaron a la misma habitación que ya había ocupado, la 301, que era como mi segunda casa.

Nada más llegar me hicieron unos análisis de sangre y me presentaron al médico que me operaría al día siguiente, el doctor Rafael Llorens, quien se encargó de explicarme, con todo lujo de detalles, el horror que me esperaba. Todo lo que me contó me puso los pelos de punta y he de confesar que pensé seriamente en no acudir a operarme a la mañana siguiente.

En primer lugar sentía pánico; en segundo lugar, tras la radioterapia había desaparecido casi todo; y en tercer lugar, aunque sin ningún rigor científico yo siempre había estado convencida de que aquello no era maligno porque, según mi humilde opinión, no se había comportado como tal, y al estar en la zona cicatricial bien podía tratarse de un punto de sutura anterior que no se hubiera reabsorbido correctamente.

En otras ocasiones en que me habían dado puntos de este tipo no los había reabsorbido bien. Pero hay que reconocer que no había manera de comprobar esta hipótesis sin abrir y analizar. Y yo, que iba convencida de que la operación sería algo parecido a lo de 1994... También vino la anestesista que me tranquilizó diciéndome que ella me cuidaría en el quirófano. Sus palabras fueron un bálsamo.

Esa misma noche, la de nuestra llegada, me dejaron ir a cenar con mi familia al hotel donde se hospedaban. Durante toda la cena traté de buscar apoyos para mi loca idea de no acudir a mi cita del día siguiente. Yo proponía un seguimiento permanente y esperar a ver qué pasaba. Nadie apoyó mi sugerencia y además se lo tomaron a broma y hasta consiguieron hacerme reír.

A eso de las doce de la noche mi marido y yo volvimos al clínica para pasar lo que yo esperaba iba a ser una noche toledana. Me equivocaba. El doctor Llorens había determinado que me dieran un somnífero y caí como un ceporro hasta las seis y media, hora en que me despertaron para comulgar. Después me aseé un poco y empezaron a llegar los del grupo de apoyo. Enseguida vinieron a buscarme los camilleros para llevarme al quirófano. La despedida de todos a mi alrededor recorriendo todo el pasillo en la camilla fue tremebunda. Veía sus rostros y las luces del techo pasando por encima de mí, como en un túnel de pesadilla. Los esfuerzos que realicé para no llorar fueron titánicos.

Mientras bajaba en el ascensor tenía la boca seca y al llegar al quirófano hubo un intercambio de frases entre la anestesista y yo hasta que me pusieron la anestesia. La operación duró entre tres y cuatro horas. Muchísimo más de lo que yo hubiera podido imaginar. Cuando terminaron, me llevaron a la Unidad de Cuidados Intensivos, donde permanecí durante las veinticuatro horas siguientes.

Dicen que yo no me enteraba de nada, pero puedo recordar perfectamente imágenes, e incluso, conversaciones. También recuerdo, cuando me quitaron el tubo que tenía metido en la garganta para respirar, al doctor Brugarolas sentado a mi derecha, «velándome» mientras mi marido le decía que se iba a cenar...

Cuando llegué a la UCI me dieron una especie de interruptor que administraba morfina, me explicaron que cuando sintiera dolor apretara el botón y que automáticamente me entraría una dosis por vía intravenosa. Yo recibía toda esta información bastante atontada. Apreté el botón unas treinta veces, menos mal que la máquina no me suministró todas las dosis. Cuando me lo contaron, casi me muero de vergüenza.

Ya al explicarme todo lo referente a la operación, el doctor Llorens me había avisado de que al salir del quirófano quedaría ingresada al menos veinticuatro horas en la Unidad de Cuidados

Intensivos. Yo no quería quedarme sola de ninguna manera, e insistí en que me llevaran a la habitación. Aunque parezca una estupidez, lo de la UCI me impresionaba más que la propia operación. Hasta entonces nunca había estado allí. Sólo había ido a la UCI pediátrica para ver a mi hijo el mes que pasó en la incubadora.

Al bajarme a la habitación me volvieron a dar el interruptor y yo, ya consciente, decidí que tenía que ser valiente y sólo apreté aquel chisme tres veces.

Por la tarde, en la cama de la habitación, noté que de repente me quedaba rígida y que no podía doblar ni las piernas ni los brazos, no podía moverme. Esto me asustó bastante porque nunca me había pasado nada parecido. Enseguida se lo dije a mi madre, que estaba sentada a mi lado. Ella llamó corriendo a las enfermeras, y éstas, al médico.

Después de examinarme, me dijeron que había tenido un «mono» de morfina. Nos quedamos de piedra. Yo, que nunca había dado ni siquiera una calada a un porro, estaba allí tendida con un «mono» como consecuencia de la bajada de morfina que había experimentado de un día para otro. Enseguida me dieron algo y se me pasó. Pero recuerdo que fue bastante desagradable. Para mis adentros pensaba: «No van a permitir que me pierda ni una sola experiencia».

Ese mismo día, el de después de la UCI, me dolían hasta las pestañas. Cualquier postura era peor que la anterior. Cualquier intento de moverme, por pequeño que fuera, me producía inmediatamente un dolor agudo que me dejaba extenuada. Era peor que los dolores del parto, cuyas contracciones son brutales pero duran sólo unos segundos; una enseguida se relaja, y puede seguir adelante. Pero aquello era peor, era un dolor constante, día y noche, horroroso, que no se quitaba con ningún medicamento.

En términos técnicos esta segunda operación que me habían practicado era una lobectomía superior derecha por toracotomía. Los dos tubos de drenaje que me salían por el costado derecho, aparte de dar una grima espantosa, dolían de lo lindo. Su aspecto era muy parecido a los que hay detrás de las lavadoras, esos que forman una especie de pliegues. Por todos sitios había algún tubo que se introducía dentro de mí: dos vías en los brazos, una tercera en el cuello, una sonda vesical y dos tubos monumentales que comunicaban mi pulmón derecho –mejor dicho, lo que quedaba de él– con el exterior. Todo lo que me sucedía era doloroso y además me producía una desazón espantosa.

El domingo me quitaron las dos vías de los brazos, pero me dejaron la del cuello hasta el día siguiente.

Ese mismo lunes me retiraron los tubos, de nuevo por medio del «elaborado» sistema del tirón, al tiempo que me daban un cachete, dicen que para distraer la atención del dolor principal. Les informé de que se podían haber ahorrado el tortazo, porque el dolor causado por la súbita extracción de los tubos difícilmente podía dejarse de percibir. La única ventaja es que ese dolor resulta tan agudo como breve, ya que cesa en pocos segundos. Por fin, y después de tres días bastante duros, la parafernalia exterior y las molestias que me causaban habían desaparecido.

Pero todavía estaba bastante mal: una costilla rota, una cicatriz nada desdeñable que empezaba en el omoplato derecho, pasaba por debajo de la axila y acababa en el pecho y, además del dolor, un miedo atroz al resultado del examen patológico. ¿Tendría fuerzas para volver a empezar?

Enseguida comenzaron a moverme de la cama a la silla, de la silla a la cama, sopla que te sopla en un aparato; a aplicarme masajes en zonas en las que el simple roce de la sábana me ponía los pelos de punta; a obligarme a hacer ejercicios respiratorios... Así hasta que conseguí hacer el «paseíllo» por los alrededores de la habitación. Todo eso sucedía mientras el simple acto de respirar suponía un esfuerzo titánico.

Tuvieron que hacerme una transfusión porque tenía un poco de anemia. Me defendí durante un rato porque siempre me han dado un poco de miedo las transfusiones de sangre, pero me aseguraron que todo estaba en regla y yo, naturalmente, les creí.

Me habían operado el viernes 19. El martes 23 por la tarde llegó corriendo Antonio Brugarolas, loco de contento, para decirnos que los patólogos no habían encontrado nada malo. Fue el notición, todos saltábamos de alegría. Más tarde, llegó el doctor Llorens y me dijo que si quería irme a casa al día siguiente, él estaba de acuerdo. Yo, por supuesto, lo estaba deseando.

Visto desde hoy, creo que me fui demasiado pronto de la clínica, sin haberme recuperado del todo. Al día siguiente me levanté feliz, aunque dolorida, y me vestí con la ayuda de mi madre o, más bien, ella me vistió con mi ayuda, nos despedimos de todo el mundo y nos marchamos a casa del doctor Brugarolas donde Concepción, su mujer, nos esperaba con una comida excelente para celebrar el «notición».

Esa misma tarde regresamos a nuestra casa de Madrid. Estaba agotada, y bastante dolorida. Esa noche y las siguientes no pude pegar ojo, el dolor era constante. Para realizar cualquier movimiento, necesitaba ayuda. No podía estar sentada, tumbada, de pie, boca arriba, boca abajo... Sólo podía respirar poco a poco. Era consciente de cada aspiración, porque intentaba controlarlas todas para evitar el dolor. Al final, pasaba las noches adormilada, sentada y medio abrazada a una almohada que ponía encima de una mesa.

Era un círculo vicioso: cada vez me ponía más nerviosa y lloraba sin parar. Eso me producía un nudo en la garganta y entonces la dificultad para respirar aumentaba. Pasé unos días angustiosos. Acabé llamando al médico, quien me recetó unos calmantes más fuertes y unos somníferos para poder dormir. Tosía permanentemente, día y noche. Cada estornudo era un auténtico suplicio. Lo pasé mal.

Mi madre venía a casa todas las mañanas para vestirme y lavarme, porque yo sola no podía.

Los dolores continuaron bastante fuertes durante dos semanas y luego empezaron a perder intensidad. Sin duda, ésta ha sido la vez que más dolor he sentido. Mientras duró, perdí el control varias veces: lloraba de dolor y de cansancio, estaba muy nerviosa y me costaba respirar, lo que me ponía aún más nerviosa. Pero cuando conseguí dominar el dolor, empezó a desaparecer paulatinamente y pude tomar las riendas de nuevo.

Empecé a trabajar dos semanas después de la operación y aunque no podía hacer gran cosa, el simple hecho de salir de casa y estar entretenida me sentó bien. Como de costumbre, mi familia se consagró a mimarme y a cuidarme. Y una vez más consiguieron sacarme a flote.

En esta última ocasión, cuando me dijeron: «Relájate, Mariam, todo ha pasado ya», noté que me quitaban un gran peso de encima, un peso que llevaba cargando desde hace varios años. Pero al mismo tiempo sentí que al quitármelo de repente, y al no continuar en posición de lucha, me relajaba y la tensión acumulada me hundía.

Mi experiencia es que al relajarme noto alivio, pero también una sensación de cansancio. Parece un contrasentido, pero con esta enfermedad, al menos en mi caso, siempre oscilo de un extremo a otro, casi sin darme cuenta. Y cuando eso ocurre y estoy en pie de guerra, puedo controlarlo. Pero si en ese momento no estoy muy fuerte, suele arrastrarme, y eso hay que evitarlo.

En conclusión, fue una operación bastante dura y aparatosa, pero gracias a Dios hay médicos y medicamentos que nos ayudan a pasar razonablemente bien los peores momentos. Y al final ocurre lo de siempre, una vez que todo ha pasado acaba por no parecernos «ni tan malo, ni tan horrible».

Durante meses, después de la operación, estuve tosiendo sin parar. Me recetaron cinco antibióticos distintos y todos los antitusivos imaginables, pero no sirvieron de mucho. Dicen los facultativos que esto es normal después de una operación de este tipo. Y si ellos dicen que es normal, no hay por qué pensar lo contrario. Por otra parte, no podía hacer todos los días los ejercicios respiratorios que me prescribieron porque en cuanto intentaba aspirar y espirar profundamente me entraba un ataque de tos tremendo, y tenía que dejarlo.

Tres meses después de la operación, el 25 de abril, me hicieron una revisión completa y todo estaba en orden. Cinco meses más tarde, el 19 de septiembre, me sometí a una nueva revisión y todo seguía bien.

A partir de ese momento, todas las revisiones dieron estupendos resultados y pasé de ir a la clínica cada tres meses a ir cada seis. La verdad es que, a pesar de que el tiempo iba transcurriendo, no conseguía superar el nerviosismo y el miedo que experimentaba cuando tenía que ir a uno de esos exámenes. Era como esperar, de pie en el banquillo de los acusados, el veredicto de un jurado, como tener siempre colgando encima de la cabeza una espada de Damocles. Nunca me dijeron de manera categórica que estaba curada del todo. Pero las revisiones se fueron espaciando y eso era una buena señal.

De todas maneras, dos o tres semanas antes de una revisión siempre suelo notar que el estómago cambia de posición, duermo peor y cada vez que rebaso la puerta de la clínica siento que me reduzco, empequeñeciéndome hasta convertirme en una hormiga a la que todos pueden pisar. No he conseguido que esa sensación disminuya según pasan los años, pero todavía me daría más miedo no hacerme las revisiones.

Al cabo de siete años todo parece haber acabado, aunque en el fondo siempre tengo el run run de que volverá a pasar, siempre siento un no sé qué que me impide decir de una vez por todas: «Esto se ha acabado». En cambio, sí experimento un relajamiento cuando las revisiones se van alargando, y cada vez hay que someterse a ellas más de tarde en tarde.

Después de estar un montón de años yendo cada tres meses a hacerme una revisión, de repente me dijeron: «A partir de ahora serán cada seis meses». En principio, se trata de una noticia que debería aliviarnos, pero al mismo tiempo es muy angustiosa, porque no puedo dejar de preguntarme: «¿Y si pasara algo en el curso de esos seis meses? Seis meses es mucho tiempo, es medio año. ¿Y si en el transcurso de ese tiempo surge algo y no lo descubren a tiempo?».

Así que lo que debería ser un alivio, se convierte en otra fuente de terror. Casi una obsesión. Yo tengo una amiga que lo sabe muy bien, pues cuando le prescribieron las revisiones cada seis meses, ella por su cuenta, siguió haciéndoselas cada tres, por si acaso, ya que no podía aguantar sin que la controlaran.

VIII

¿Es la curiosidad una buena amiga?

La pregunta que yo me hago ahora, después de la experiencia vivida, es: ¿Hasta dónde queremos saber? ¿Hasta qué punto somos capaces de soportar ese saber? ¿Dónde está la frontera entre ese saber que ayuda a luchar y el saber que nos anula por completo? La cantidad de respuestas a estas preguntas equivale exactamente a la cantidad de personas que se las formulan. Normalmente es nuestra familia la que decide y señala esa línea fronteriza.

A mí me fueron dando la información con cuentagotas. Ya he contado cómo al principio de mi enfermedad sólo me dijeron que era un tumor maligno, muy agresivo, un tumor del tipo T4, con unas medidas de $10 \times 7 \times 3$ centimetros y un peso aproximado de 200 gramos; que lo habían cogido a tiempo y que tenía muchas probabilidades de recuperarme.

La elección de dosificar y compartimentar la información obviamente correspondió a mi familia. Ellos decidieron que yo me enterara de las cosas sólo hasta cierto punto. Y sin duda fue una obra maestra de estrategia. Mi enfermedad, sus avances, sus retrocesos, eran tratados en el seno de la familia y entre los médicos como un secreto de Estado, como un alto secreto.

Es un método que conozco muy bien desde hace mucho tiempo. De jovencita, siempre quise trabajar con mi padre. Por eso estudié la carrera de derecho, para estar más cerca de él. Y en cuanto la terminé, empecé a trabajar en su despacho. Allí estaban todas las cajas cerradas y los archivos de la Moncloa. Un montón de papeles y documentos de la primera presidencia democrática de España. Eran tantos que yo pensé en ese momento que él quería escribir sus memorias.

Mi trabajo consistía en ir clasificando toda esa interminable documentación. Era una labor apasionante, divertida. Cada vez que abría una caja era como levantar la tapa de un tesoro largo tiempo enterrado. Cada papel era una alhaja, un diamante, un collar de perlas, o un sable oxidado pero aún cortante. Porque algunos papeles seguían siendo secretos a pesar del tiempo transcurrido. Así que él me iba diciendo: «Esto puedes leerlo», «Esto no lo leas», «Esta caja no la abras todavía»...

Y así mismo actuaron con respecto a mi enfermedad. «Esto se lo pueden decir a Mariam»,

«Esto no»... Esas instrucciones no sólo abarcaban mi familia: se extendían a los médicos y a las enfermeras y a todo el personal de los diversos hospitales por los que pasé. Por eso sé que mi padre fue el autor intelectual de mi «ignorancia», cosa que nunca terminaré de agradecerle.

Hoy en día me parece imposible tanta credulidad por mi parte. Tal vez necesitaba creer aquello porque mi subconsciente era incapaz de soportar otra cosa o quizá, en aquel entonces, no tenía toda la información que hoy poseo.

Con el tiempo he empezado a apreciar y a agradecer aquella decisión. Millones de veces, cuando ese escalofrío que se llama *pánico*, auténtico *pánico*, me recorría la columna vertebral, me consolaba pensando que lo habíamos atajado a tiempo y que, gracias a Dios, un cáncer de mama, en esas condiciones, tenía muchas posibilidades de curación.

Me lo decía a mí misma y se lo repetía a los demás, y cuanto más veces y más alto lo decía, más me convencía de ello y más agradecía la suerte que había tenido. Repetirlo una y otra vez me ayudaba a creérmelo, aunque imagino que a los que me rodeaban les debía de poner los pelos de punta.

Aquella mentira piadosa me convenció de que mi dolencia era superable y quise enfrentarme a la enfermedad, intentar superarla para así salir victoriosa. En aquellos momentos me venía o, mejor dicho, el Señor me enviaba una fuerza especial que me ayudaba a tener una visión positiva y optimista de mi situación.

En mi caso podía permitirme ese, llamémosle, «lujo» (me refiero al desconocimiento de toda la verdad), pues no tenía nada pendiente de arreglar, sólo tenía que ponerme a bien con Dios y eso era algo en lo que ya estaba yo desde un principio.

Para mi familia tuvo que ser bastante más complicado ya que sabían cuál era la verdadera situación: mi pronóstico me daba solamente tres meses de vida y el cáncer me invadía los pulmones, el hígado y parte del cerebro. Sin embargo nunca noté nada extraño en ellos, jamás lloraron delante de mí, jamás dejaron de apoyarme, nunca me dejaron sola, jamás dejaron de mantenerme animada con su aliento permanente. Supieron ocultar tanto sufrimiento por mi bien, nunca dejaron que me hundiese. Por muchas vidas que viviese, jamás serían suficientes para agradecer sus desvelos, sus sacrificios y todo el caudal de amor que derrocharon por mí.

En mi habitación nunca faltaron ni la risa, ni la esperanza. Éramos un grupo compacto y sin grietas, todos queríamos lo mismo y estábamos dispuestos cuando menos a intentarlo con todas nuestras fuerzas. Siempre venían a verme todos mis familiares. Íbamos juntos a todas partes, nos movíamos en bloque. Si tenía que bajar a otra planta a hacerme un determinado tratamiento, bajábamos todos. En las habitaciones que yo ocupaba estábamos siempre los cinco. No se separaban de mí en ningún momento.

Pero no sólo me acompañaba mi grupo de apoyo, sino a veces toda la familia. Éramos como esos gitanos que dejan la furgoneta en la puerta y se instalan todos, los dieciocho, en la sala de espera. A veces me daba hasta vergüenza, porque incluso para un simple análisis de sangre se presentaban doce en el hospital para hacerme compañía.

En cierta forma era como cuando estábamos en las campañas del CDS, todos participando: yo en el coche con los altavoces, mi hermano Adolfo en la Puerta del Sol, encima de un cajón de madera, de esos de fruta, debajo de una sombrilla verde que decía CDS, arengando a la gente que se congregaba para oírlo; todos siempre juntos en los mítines; mi madre en casa cosiendo la única bandera del partido que teníamos en los primeros tiempos.

Sé que no todos tienen la suerte de estar tan arropados por los suyos como yo, que hay familias que se rompen alrededor de sus enfermos y que hay enfermos que no tienen a nadie, incluso enfermos que nos hacen pensar que no quieren tener a nadie. Sólo puedo decir que me apenan estas situaciones y deseo de todo corazón que Dios envíe a estas personas la fuerza con la que nos obsequió a nosotros.

Es fundamental sentir que los tuyos creen en ti, ni siquiera es necesario que sea verdad, sólo tienen que conseguir que parezca serlo. Todos los trucos valen siempre que ayuden al enfermo a mejorar su calidad de vida, y esto empieza por intentar luchar y mantener siempre la esperanza o, en el peor de los casos, una aceptación digna y lo más serena posible de la situación. Para lograrlo hay que presionar, uno a uno, todos los resortes de que disponemos y también todos los de los demás.

El trabajo del acompañante es angustioso, ha de disimular siempre, reprimir las ganas de estallar en llanto. Los que me rodeaban sufrían una tensión tremenda, mayor que la mía: conocían el verdadero alcance de mi enfermedad, yo no; tenían que disimular su sufrimiento, yo no; debían permanecer siempre fuertes, yo no; tenían que aparentar que todo iba bien, yo no; debían sufrir y llorar a escondidas, yo no. La puesta en escena de mi familia era impecable.

Mucho más tarde mi madre diría: «Tendrían que habernos dado el Óscar al mejor actor. Teníamos que turnarnos en el pasillo para llorar, y que no se nos notase al entrar en tu habitación, porque nos habían dicho que te morías seguro, que no había ninguna posibilidad».

En ocasiones sólo resistimos porque ellos están ahí, sobre todo cuando pensamos que todo es inútil y que lo mejor es abandonarlo todo. En esas circunstancias, la mente no siempre emite en una amplia gama de brillante colorido, algunas veces sólo trabaja en blanco y negro, y otras, con mucho más negro que blanco. Y es entonces cuando ahí donde están ellos para cogernos una mano, darnos un beso, dedicarnos una caricia o, ¿por qué no?, contarnos un chiste o una mentira piadosa (y puedo asegurar que esa mentira es realmente merecedora de ese adjetivo).

Yo siempre he preguntado quizá más de lo que realmente quería saber, pero siempre esperaba que el interpelado me dijera lo que yo quería oír, y esto no siempre ocurría. Aunque otras veces la respuesta era muchísimo más tranquilizadora de lo que yo imaginaba. Puesta a imaginar cosas malas, soy capaz de imaginar lo peor.

Cada tratamiento que me han propuesto ha ido acompañado de un torrente de preguntas por mi parte, y aunque sabía que no siempre me gustarían las respuestas, era incapaz de dejar de hacerlas. Mi padre siempre me dice –espero que cariñosamente– que soy una «cotilla», porque siempre estoy preguntando por todo. Y yo le digo que lo que tengo es una curiosidad enorme.

Todavía no sé si tanta curiosidad es un defecto o una virtud, pero en cualquier caso, yo no quiero conocer para contar sino para saber por dónde ando. En lo que a los tratamientos se refiere, casi siempre me llevaba sorpresas agradables ya que lo que me contestaban solía ser siempre mejor que los horrores que yo había imaginado. Durante esta enfermedad, mi imaginación ha volado hasta los espacios siderales. Mi imaginación, para lo bueno y para lo malo, me ha sorprendido incluso a mí, pues no sabía que tenía tanta.

En mi caso, sigo siendo partidaria de preguntar por dos razones: primero, porque lo que yo imagino siempre suele ser lo peor, de modo que por malo que resulte el tratamiento siempre será más leve de lo imaginado; segundo, porque cuando lo que me contestan es peor todavía que lo que imagino –lo cual es bastante improbable– me preparo mentalmente para el horror, y cuando éste llega, siempre me parece mejor de lo que habían contado.

A los que se encontraban a mi alrededor los acribillaba a preguntas sobre temas de los que sabían tan poco como yo y, aunque les preguntaba para oír lo que yo quería, sus respuestas siempre me confortaban. Son pequeños autoengaños que nos ayudan a ir tirando. Por tanto, para mí, las más de las veces, la curiosidad resultó ser más una buena amiga que una enemiga.

IX

¿Hasta qué punto aceptamos la muerte?

Dicen que a veces el miedo a la enfermedad y a su posible desenlace es tan horroroso que consigue convertir la muerte en algo incluso deseable. Yo tenía muchísimo miedo, pero la muerte nunca me pareció una salida atractiva. A pesar de ser algo tan real y tan sabido por todos, he de reconocer que durante la mayor parte de mi vida no ha ocupado un primer plano dentro de mi cabeza. Una vez más eso era algo que les ocurría a los demás.

Y como siempre en esta enfermedad, al menos en mi caso, la idea de la aceptación de la muerte ha pasado por varias fases, desde la resignación más total hasta el rechazo más absoluto. Al principio, el instinto de conservación es muy fuerte y hace que la muerte no entre en nuestros esquemas de ninguna manera. Sin embargo, poco a poco, y en vista de las cosas que nos dicen los médicos, las que oímos, las que empezamos a imaginar y las que creemos saber, acaba por dibujarse en la mente nuestra propia imagen de la muerte. Al principio, son ligeros trazos en gris que se van oscureciendo según el momento que estemos atravesando.

Cada vez que me venía a la cabeza esa idea, pensaba que aquello no me iba a suceder, tenía tantas ganas de vivir que me parecía imposible. Pero al mismo tiempo de mi interior brotaba una voz avisándome que aquella era una probabilidad que había de tener en cuenta y para la que debía estar preparada.

En el plano religioso sabía, más o menos, qué era lo que tenía que hacer. En ese aspecto, todo resultaba algo más fácil. Creo firmemente en la existencia de un cielo como premio y un infierno como castigo, pero también creo que la misericordia de Dios es infinita y que al infierno manda a pocos. No obstante, estoy convencida de que el que se empeña en ir va.

Para hacer frente al hecho físico de la muerte intentaba pensar que ya conocía a muchos seres queridos que estaban al otro lado (no sé bien por qué, pero siempre he dado por hecho que los míos están todos en el lado bueno), y que me recibirían y acompañarían en aquel trance. Creo que me asustaba mucho, y me sigue asustando, el hecho de estar sola en ese momento. No me refiero a estar sola en el momento de morir (sabía que si eso ocurría todos estarían allí conmigo) lo que me aterraba era lo que sucedería después. Sólo pensar en ese instante me ponía la piel de gallina.

Cuando pensaba en ello me tiritaba todo por dentro, y una especie de nudo en el estómago y la garganta me impedía respirar normalmente. Notaba que la cabeza se me bloqueaba y que no podía resolver nada. Estaba ahí, sin querer pensar, deseando ignorar lo que estaba viendo y, no obstante, era incapaz de deshacerme del todo de esa visión que tanto me molestaba y que tanto sufrimiento me producía. No era divertido, no era atractivo, no era deseable, y sin embargo no paraba de torturarme pensando en ello.

Yo pensé mucho en la muerte y he de reconocer que, aunque aceptada, jamás entablé amistad con ella, ni siquiera le tuve simpatía. Mi intimidad con la muerte era forzada, no era natural. Puede que, en el fondo, nunca haya conseguido aceptarla plenamente. ¿Será por mis enormes ganas de vivir?

Incluso a las personas con convicciones religiosa les asaltan las dudas. No existe la certeza absoluta: cuando vemos de cerca la muerte todo se tambalea. Sobre todo porque pedimos explicaciones. Yo tenía un enfado monumental con Dios, tenía ganas de litigar con Él, como hace Job en la Biblia, quien, por cierto, también se rapó la cabeza al verse hundido en la desdicha.

Pero es que con Dios no nos podemos enojar, porque si lo hacemos nos condenamos. Mi enfado con Dios se recrudeció a raíz de que a mi madre también le diagnosticaran un cáncer. Así que mis querellas no eran tanto por lo mío como por lo de ella, porque no hay derecho a que nos toque la lotería dos veces. Una monja, mi tutora de toda la vida, solía decirme:

–Es que vosotros sois los elegidos, sois los que estáis más cerca.

Yo replicaba:

–¿Y no podía habernos elegido para otra cosa?

Pero todo eso de ser los elegidos es muy difícil de entender. Ya se sabe: los caminos del Señor son inescrutables. Conozco personas mucho peores que yo, y que sin embargo están sanas. No es que yo sea una santa, pero castigarme a mí y a mi familia con tanta saña fue algo que me produjo un desconcierto total. Yo no había hecho nada tan grave como para que me castigaran de esa manera. Toda mi idea de un Dios misericordioso y fantástico, todas mis estructuras, todo se tambaleaba, se venía abajo. No dejaba de preguntarme una y otra vez: «¿Por qué yo, por qué a mí, por qué a nosotros?». Yo he pecado como todo el mundo, pero nunca he querido hacer daño a nadie, y en general, creo que me he portado bien. Y lo sigo haciendo.

Por eso no he dejado de ir a la iglesia a confesarme. Sé que mi rezo vale. Así que mi religiosidad no ha cambiado esencialmente. A pesar de mis protestas, más bien se incrementó. Por otra parte, sé que mucha gente rezó por mí: comunidades de religiosos y de religiosas, incluso monjas de clausura. Saber que había gente rezando por mí me ayudó muchísimo, y estoy convencida de que sus rezos pueden salvarme.

Yo siempre había tenido mi fe, pero ahora tengo más: porque a mí me dieron dieciocho días de vida y los médicos decían que no tenía remedio, y a la vista está que si se lucha y te ayudan desde arriba, se consigue. A mí, desde luego, me ayudaron desde arriba.

Y hay un dato curioso. Los médicos aún no salen de su asombro. Dicen que, desde el punto de vista científico, mi respuesta al primer tratamiento de quimioterapia no fue normal, sobre todo teniendo en cuenta que me daban dosis suaves porque estaba embarazada. Que el LDH bajara repentinamente de 2.400 a 400, fue un descenso espectacular que los científicos todavía no han podido explicar. No voy a decir que fue un milagro, pero hay cosas que la ciencia, por más que se esfuerce, no consigue desentrañar.

Sin embargo, mi religiosidad nunca se ha convertido en superstición. Desde luego, recibí muchas estampitas, estatuillas de la virgen de Fátima, y botellitas con agua de Cos, que es una isla griega donde según dicen nunca ha habido un caso de cáncer. Me lo ofrecieron todo. Yo lo agradecí mucho, pero sin llegar a beberme la botellita de agua de Cos ni nada por el estilo. Aunque quizá no acudí a curanderos ni a milagreros porque mi ignorancia me impedía estar tan desesperada, porque no sabía todo lo que sabían los demás.

Así que en medio de mi enfado con Dios empecé a preguntarme por qué a pesar de creer que iría al paraíso estaba tan enfadada. ¿Tal vez porque no tengo mucha curiosidad por saber lo que hay más allá? ¿Por qué me aferro de esta manera tan brutal a la vida? Y finalmente he llegado a la conclusión de que quizá mi contradicción se deba a que me siento responsable de dos niños. Dejarlos huérfanos es tan triste que ante esa perspectiva la idea del paraíso se ensombrece, sin que por ello haya dejado de creer en su existencia ni en sus bondades.

Cuando mi madre ingresó en Pamplona, Josefina, la enfermera, me dijo: «Mariam, ¿sabes qué pienso? Que a vosotros Dios no os prueba, a vosotros os mastica».

Esa frase se me quedó grabada, porque refleja una terrible verdad. Yo le preguntaba a las enfermeras si conocían un caso como el nuestro. Que una madre y una hija repitan, en siete años, cinco cánceres es algo bastante extraordinario en mi opinión.

En cuanto dejaba de buscar la explicación a todo aquello, me tranquilizaba. Pero de todas maneras, me negaba a una resignación sin fisuras. Un día fui a confesarme y le conté todo al sacerdote: que estaba muy enfadada con Dios, que yo no había sido tan mala, que era joven, que tenía unos niños, una familia, que me parecía injusto. Y él me dijo:

–Tienes que dar gracias a Dios.

–¡No, hombre, no! No puedo llegar hasta ahí. ¡No puedo dar gracias por tener un cáncer!

–Sí, tienes que dar gracias porque te lo ha mandado en una época en que se cura.

Al principio me resistía a aceptarlo, pero luego, tras pensarlo mejor, llegué a la conclusión de que tenía razón. Si esto me hubiera pasado unos años antes, quizá no estaría hoy aquí para contar mi historia. A veces pienso que a lo mejor la razón de esta enfermedad era ésta, ayudar a los demás escribiendo este libro.

Esa angustia existencial, ese sentimiento de profundo terror alcanzó su punto más álgido después de dar a luz a Fernando el 15 de marzo de 1993. Debí de entrar en lo que llaman depresión posparto, la cual, al mezclarse con el resto de mis miedos, produjo un terrible cóctel. Lo pasé muy mal. Ya he contado que el mes que siguió al parto fue horrible: lloraba sin cesar, imaginaba mi funeral... No había nada que pudiera quitarme la muerte de la cabeza.

Esta enfermedad puede conducirnos a estados de profunda depresión o de gran sufrimiento físico, y tal vez entonces podamos llegar a encontrar en la muerte cierto atractivo. Esa reacción quizá pueda ayudar en los casos con mal pronóstico a enfrentarse de forma más serena con el destino. Pero ése no fue mi caso.

Durante aquel período volvía una y otra vez a mi cabeza la absurda pregunta de por qué a mí, como si el hecho de que les pasase a los demás fuera algo normal y aceptable. Al principio nunca nos planteamos esta otra pregunta: ¿Y por qué a ellos? En realidad, no existe un porqué. Éste es un mundo imperfecto. Existen las enfermedades y personas que las padecen. Ésa, creo, es la única respuesta razonable.

Para comprobarlo sólo necesitaba darme un breve paseo por el pasillo de Oncología Infantil. Si encontramos injusta nuestra situación, ¿qué pensar de la de esos niños tan inocentes a los que en principio debería quedarles toda una vida por delante? ¿Es más justo lo que les ocurre a ellos que lo nuestro? Esto me demuestra que la enfermedad no es una cuestión de justicia. ¿Cómo explicar lo de esos niños? Nadie nos manda nada en particular, simplemente nos toca.

Es curioso pensar que desde que nacemos sabemos que sólo hay un hecho cierto, a saber, que más tarde o más temprano moriremos, que cada día que pasa morimos un poco. Y, sin embargo, somos capaces de recorrer la senda de nuestras vidas sin pensar siquiera que vamos hacia una muerte segura e inevitable. Incluso creyendo en Dios, como es mi caso, y sabiendo que debo estar preparada siempre porque es algo que puede ocurrir en cualquier momento, me parece que sigo sin admitirlo. No sé cómo explicar esta contradicción, pero eso es lo que siento.

Yo creo que esa idea de muerte lejana y ajena con la que convivimos desde que nacemos es más fácil de aceptar y no es algo que ocupe nuestro pensamiento durante mucho tiempo y de manera recurrente. Tal fue mi caso durante veintinueve años. Pero, de repente, aparece el cáncer y una piensa: «Dios mío, no está tan lejos, la muerte no es algo que flota en el espacio. Está aquí y me mira de frente, a los ojos, a los míos». Y es entonces cuando conocemos a la otra muerte, la de verdad, una que es diferente a la de siempre, una que da más miedo porque es mucho más real, porque es mucho más posible a corto, cortísimo plazo. Y eso provoca que nuestro orden interior se derrumbe y que la mente se convierta en una noria que da vueltas una y otra vez sobre lo mismo. Y es entonces cuando nos aferramos a la vida de forma salvaje, sólo entendemos que queremos vivir, pero el carrusel no para y la muerte sigue dando vueltas y vueltas a nuestro alrededor... Y, entonces, la angustia nos invade, los apoyos desaparecen y caemos en una especie de vacío interior que provoca más miedo todavía, y que no sabemos o no podemos controlar... Y, de pronto, alguien nos tiende una mano, o nos susurra una palabra y nos devuelve a la realidad, y notamos que el corazón late enloquecido mientras tomamos una buena bocanada de aire que empieza a calmar el espíritu.

En la novela *El abogado del Diablo* de Morris West, aparece un monseñor al que le diagnostican un cáncer incurable y que reflexiona sobre lo contradictorio de sus sentimientos. Este personaje reconoce que durante años ha estado predicando la vida después de la muerte y se afirma en su absoluta fe en que esta última es la mejor. Sabe que renunció muchos años atrás a los placeres materiales de la vida terrenal, que su trabajo en el Vaticano es importante, pero que él es perfectamente sustituible. No tiene parientes que le necesiten. Entonces se hace la gran pregunta: «¿Por qué me aferro tan desesperadamente a esta vida?».

El catecismo de la Iglesia Católica recoge estos dos fragmentos que reflexionan sobre la muerte y que me impresionan especialmente:

La muerte es el final de la vida terrena. Nuestras vidas están medidas por el tiempo, en el curso del cual cambiamos, envejecemos y, como en todos los seres de la Tierra, al final aparece la muerte como terminación normal de la vida. Este aspecto de la muerte da urgencia a nuestras vidas: el recuerdo de nuestra mortalidad sirve también para hacernos pensar que no contamos más que con un tiempo limitado para llevar a término nuestra vida.

La muerte fue transformada por Cristo, que la convirtió de maldición en bendición.

José Luis Martín Descalzo, en *Testamento del pájaro solitario*, escribió un poema sobre la muerte que a mí me gusta mucho. Dice así:

> Morir sólo es vivir. Morir se acaba.
> Morir es una hoguera fugitiva.
> Es cruzar una puerta a la deriva
> y encontrar lo que tanto se buscaba.
> Acabar de llorar y hacer preguntas;
> ver el amor sin enigmas ni espejos;
> descansar de vivir en la ternura,
> tener la paz, la luz, la casa juntas
> y hallar, dejando los dolores lejos,
> la Noche–Luz tras tanta noche oscura.

X

Conservar la esperanza

Después de «tanta noche oscura», llegué a vivir una vida completamente normal. Iba a la compra, al colegio con los niños, a trabajar, al cine, a cenar, de viaje... Me hacía una revisión cada seis meses y durante casi dos años pude vivir sin ningún susto.

Aunque todos dicen que llega un momento en que se empieza a olvidar, sé que a mí ese momento todavía no me ha llegado. Todos los días del año, desde que me levanto hasta que me acuesto, me acuerdo de lo que tuve, de lo que nos pasó. Pienso mucho en ello. Pero esto no me impide tener una vida absolutamente feliz y completa.

Voy a trabajar todos los días, juego con mis hijos, paso mucho tiempo con mis padres y creo que no desaprovecho ni un minuto. He vuelto a preocuparme por mi aspecto, me paso a dieta un día sí y otro no, y vuelvo a tener en cuenta algunas cosas que con la enfermedad habían pasado a un segundo plano.

Sigo teniendo una enorme curiosidad por la vida. Hace unos días, después de comer, estaba muerta de sueño y mi padre me dijo:

–¿Por qué no te echas una siesta?

–No quiero dormir.

–¿Por qué?

–Porque no quiero perderme nada de lo que pueda pasar en este rato. Ya dormiré a la noche, cuando todo el mundo lo haga.

Cada mañana, al despertarme, doy gracias a Dios por el regalo de un día más e intento no preocuparme por lo que pueda pasar más adelante. Valoro y disfruto todo lo que tengo, pero sin olvidar que hubo un tiempo en el que casi lo perdí. Eso hace que valore más ciertas cosas que antes no me parecían tan importantes.

Mi hija Alejandra y yo ya hemos elegido juntas su traje de comunión, tal y como me había propuesto al principio de mi enfermedad, y mantengo la esperanza de poder elegir, juntas también, el de su boda dentro de unos años. El pequeño Fernando es un niño sano, travieso y maravilloso, sin ninguna secuela por el tratamiento que recibí durante el embarazo.

Mis amigos siguen siendo los mismos, y más o menos todo ha vuelto a la normalidad. Pero hay otros pacientes que no tienen esa dicha. Algunas personas salen disparadas sólo con oír mencionar la palabra cáncer, dejando solo al enfermo.

Esto, que quizá parezca poco creíble, lo he visto con mis propios ojos.

Hablo mucho con enfermos y con sus familiares, que buscan en mi experiencia información, consuelo, ánimo. Ellos me cuentan su historia y, juntos, la comparamos con la mía. Intento ayudarlos en aquello que ellos necesitan en cada momento. Me llaman personas que conozco y otras totalmente desconocidas. Y siempre trato de animarlas y ayudarlas en la medida de mis posibilidades.

En ocasiones he visitado a enfermos que inspiran lástima porque, para empezar, tienen poca formación, de modo que todo lo ven lúgubre. Algunos otros no tienen el apoyo de la religiosidad, de creer en algo, lo cual lo complica todo aún más. Y la gente que los rodea tampoco sabe qué hacer, porque lo de ser acompañante es muy complicado. Yo voy a verles a sus habitaciones, hablo con ellos, les doy consejos y se quedan más tranquilos. Y a mí también me queda una sensación de mayor tranquilidad.

Indudablemente la fe es también una medicina espiritual que no hay que despreciar. Los muy religiosos dicen: «Mi fe me mantiene», y eso les ayuda a tener esperanza. Por ejemplo, tengo una amiga enferma de cáncer que no es creyente y que a pesar de eso quería matricular a sus hijos en un colegio religioso. Cuando le pregunté por qué, me explicó que no quería negarles la suerte de poder creer. Le preocupaba que en el futuro a sus hijos les pasara lo que a ella, es decir, que no tuvieran nada a qué agarrarse.

Aparte de mi fe, a mí nunca me abandonó mi familia, y en tal sentido soy una privilegiada también. Durante estos últimos años he vivido en los dos lados de esta enfermedad, como enferma cuando yo misma la sufrí, y más tarde como acompañante de mi madre cuando fue ella quien la padeció. Esta experiencia me ha ofrecido la oportunidad de vivir el cáncer desde ambas orillas y, con la mano en el corazón, todavía no sé cuál de las dos situaciones es peor.

Cuando la enferma era yo, tenía mis pequeños trucos para intentar, al menos, controlar lo que me estaba sucediendo. Sentía dentro de mí una fuerza arrolladora que me ayudaba a luchar, creía que realmente podía hacer algo, que si colaboraba todo sería más fácil. Incluso llegué a sentirme orgullosa de mí por intentarlo. Todos me apoyaban y me ayudaban. Convertida en el centro alrededor del cual giran todas las atenciones, todos estaban siempre ahí para ayudarme a conseguirlo. Todos intentaban ponerme las cosas más fáciles.

Pero cuando tenemos que ver, día tras día, a un ser querido en la cama de un hospital, sufriendo una enfermedad muy grave sin que nos quede otra posibilidad que acompañarlo y quererlo, experimentamos una sensación de impotencia enorme que provoca angustia, ansiedad, desconcierto, indignación, ira... Empezamos a pedir explicaciones a los cielos, no comprendemos nada. Nos sentimos absolutamente inútiles e impotentes, creemos que lo que hacemos no sirve para nada y todo acaba por superarnos.

Después de haber estado en los dos lados, cuando estaba postrada en la cama siempre me causaba mucho dolor pensar en el sufrimiento que mis acompañantes arrastraban por mí. Pero esa misma situación me enseñó lo importante que podía llegar a ser su función. Me proporcionó una visión muy diferente que me ayudó muchísimo cuando me tocó cambiar de papel. Creo que he conseguido ser una buena acompañante gracias a la experiencia que adquirí durante esos años.

Lo que al estar fuera de la cama nos parece insuficiente, lo recibimos como el mejor de los regalos cuando estamos encamados. Todos los esfuerzos de los acompañantes, por pequeños que sean, se convierten en bálsamo para el paciente. Su apoyo y solidaridad, su implicación en todo lo que nos está sucediendo nos ayudan enormemente a sobrellevar la situación.

Tanto el grupo de apoyo como los tratamientos a los que se somete el paciente tienen gran importancia, aunque la tengan, evidentemente, en una proporción distinta. Pero yo no prescindiría de ninguno de estos elementos en ningún momento. Las personas que integran el grupo de apoyo forman parte de la terapia, y yo no podría excluirlos del proceso que comienza con el diagnóstico de la enfermedad.

Generosamente ponen lo mejor de sí a nuestra disposición para que tomemos lo que queramos, y no debemos olvidar que ellos también necesitan de nuestra ayuda y apoyo. Hay que demostrarles con nuestro comportamiento que todo ese derroche de generosidad y toda esa entrega no han sido en vano, sea cual sea el resultado.

Para mí siempre han sido una medicina buena, que no provocaba náuseas, ni vómitos, ni llagas, ni miedo, sino todo lo contrario. Ellos suavizaban y ponían vendas en mis heridas abiertas, ellos, todos a mi alrededor, como una piña. Incluso en esas circunstancias seguí siendo una privilegiada en este mundo, y soy plenamente consciente de ello, porque sé que hay otras personas que tienen que pasar por esto sin que nadie les apoye, solos, desinformados y sin medios.

Sí, he sido una privilegiada, y no sólo por el apoyo recibido de mi familia, sino también por haber podido elegir mis médicos, mis hospitales, mis tratamientos... Poder elegir es, sin duda, un tanto por ciento muy importante de la terapia.

Así pues, vivía con la esperanza de que todo había acabado aquí. Pero estaba segura de que si el horror regresaba, sería capaz de luchar con las mismas ganas de antes, porque nunca he dejado de adorar la vida.

El libro debiera haber terminado en este punto, pero sucedió algo que no estaba previsto en el guión. A pesar de que no había motivos para pensar que nada fuera más allá del transcurso normal de mis visitas de rutina, la enfermedad volvió a darme otro golpe. Todo transcurría perfectamente, no me había saltado ninguna de mis revisiones, cuando de repente, hace unos meses, estando fuera un fin de semana, regresaron mis fantasmas.

A las dos de la mañana, hora a la que habitualmente termino de leer, me di la vuelta en la cama, se me enganchó el camisón, y al hacer un gesto para estirarlo, noté algo en el pecho izquierdo. Era un bulto.

A la mañana siguiente, cuando me levanté, volví a tocarlo y no me gustó nada lo que sentí, porque el bulto era duro, de esos que no se mueven, que están como agarrados. Desgraciadamente, ya los conozco.

Enseguida llamé por teléfono al doctor Antonio Brugarolas. Le conté lo que me había encontrado, le describí las características y las medidas aproximadas del bulto. Le pregunté si prefería que fuera al hospital más cercano en vez de ir directamente a Pamplona para hacerme una mamografía. Me dijo que fuera a Madrid a hacerme una mamografía al día siguiente, lunes.

Los niños estaban preparándose para salir a dar una vuelta, pero Fer les dijo que hicieran las maletas: nos íbamos inmediatamente a Madrid.

–¿Por qué? –preguntaron a coro.

–Porque mamá tiene un bulto en el pecho.

Me sorprendió la claridad con que lo dijo. Los niños, lejos de asustarse, lo que querían era ver el bulto. Y a partir de ese día todos empezaron: «¿Qué tal el bulto?», «¿Cómo está el bulto?», «¿Ha crecido el bulto?». El bulto era como un juguete, en casa ya se hablaba de él con una naturalidad pasmosa.

Más tarde, cuando llegué del hospital con una bolsa de drenaje colgando, enseguida me abordaron: «¿A ver, a ver cuánto hay?». Y medían todas las noches el bote del drenaje. Era la desmitificación absoluta de la enfermedad, porque los niños jugaban con el bote del drenaje, preguntaban por el bulto como si tal cosa, o se encaprichaban en verme los puntos para contarlos. Incluso una noche, recientemente, mi hijo me preguntó: «Mamá, y a tí, ¿cuando se te va a curar el virus?»

Quizá gracias a eso esta vez todo esto fue como un catarro. Curiosamente, en esta ocasión no estaba asustada, no tenía miedo, sino que más bien experimentaba una sensación de paz, mucha tranquilidad. Lo único que me daba rabia era que hubiera pasado otra vez. Pero... ¿miedo? No. Rabia sí. Supongo que no me he asustado tanto como la otra vez, porque tengo clarísimo lo que tengo que hacer.

Enseguida fui a hacerme una mamografía, con mis radiólogos de siempre, los doctores Pedrosa y Madrigal. Esta vez les dije:

–Yo no soy la tonta de antes, mejor dicho, la ignorante de antes, así que si veo que os andáis por las ramas, me voy a asustar más todavía. O sea, que lo que tengáis que decirme, me lo decís y ya está.

Entre risas me comentaron:

–Preferimos que te la hagas en otro sitio, porque no queremos volver a darte una mala noticia y nos estamos poniendo muy nerviosos.

Pero al final me hicieron la mamografía, y dijeron que el bulto era muy pequeño, pero que no me podían decir si era bueno o si era malo. Así las cosas, me dieron un informe, y entonces volví a llamar por teléfono al doctor Antonio Brugarolas.

–No corras –me dijo–, no hace falta que vengas mañana a Pamplona en el avión de las siete. Bastará que cojas el de las ocho y media.

–¡Ah! Pues si eso no es correr...– comenté yo.

Cogí el avión de las ocho y media, y me planté en Pamplona. Y allí empezaron a especular con que si era un tumor infiltrante, que era lo menos probable, que si era un carcinoma, un ductal...

Yo les dije:

–Tiene que ser infiltrante, eso es seguro.

Cada vez que hablamos de porcentajes, yo siempre entro en el 0,001%, para lo bueno y para lo malo. Y así se lo recordé a los médicos. Ellos se rieron:

–No seas gafe.

–Ya veréis, ya veréis...

Y en efecto, lo era. Se me había reproducido un tumor. Me operaron ese mismo martes 11 de enero por la tarde. Yo había dado permiso para quitar todo lo que hiciese falta si el tumor a simple vista resultaba ser malo, y así evitar una segunda operación después de esta primera para efectuar la biopsia.

Entré en el quirófano a las seis de la tarde. La intención era realizar la operación con anestesia local, pero según me acercaba a la sala de operaciones me empezaron a entrar unos nervios tremendos. Al llegar a la habitación donde iban a prepararme, estaba esperándome el anestesista y, nada más comentarle mi estado, me dijo: «No te preocupes». No recuerdo nada más.

Cuando me desperté, estaba totalmente despejada y tranquila. A un lado estaba mi marido, al otro, el doctor Brugarolas. Le miré y le pregunté simplemente:

–¿Qué hora es?

Y él me dijo:

–Las diez.

Le contesté:

–Pues no hace falta que te pregunte nada más.

Cuatro horas para quitar un bulto benigno y pequeño era mucho tiempo. Ya teníamos la confirmación de que era cáncer. Me explicó que habían hecho una cuadratectomía superior izquierda en el pecho izquierdo, y que también habían extraído quince ganglios con buena pinta para analizarlos y poder saber cuál era la extensión de la enfermedad. Yo seguía tranquila. Estuve ingresada hasta el viernes, cuando me dieron el alta. Me fui con todos los puntos y un drenaje que debía vaciar todas las noches sin olvidar apuntar las cantidades de cada día. El lunes fui a trabajar con mi drenaje colgando y metido en una bolsa blanca que un amigo definió como «bolsa ibicenca».

Más o menos una semana después llegaron los resultados de la biopsia. El tumor medía 0,9 cm. Tenía los bordes quirúrgicos de seguridad limpios, no había infiltración ni venosa ni linfática y todos los ganglios estaban completamente limpios. Hasta ahí todo era bueno, pero era pequeño, agresivo, infiltrante y no tenía receptores.

En principio se pensó que con seis semanas de radioterapia preventiva y un tratamiento con tamoxifeno durante cinco años sería suficiente. Este medicamento reducía el riesgo de aparición de otro tumor de mama.

–¿Por qué no me lo disteis antes? –pregunté.

–En tu situación actual, al no tener el tumor receptores, no habría servido de nada. Y además, reduce el riesgo de cáncer de mama, pero lo aumenta en el endometrio. Sin embargo, como en endometrio se cura en el 90 % de los casos, merece la pena correr ese riesgo.

Yo pensé: «Eso siempre que no me toque estar entre el 10% restante».

Después de estar tantos años en este calvario, luchando con el cáncer desde los veintinueve años, no estaba dispuesta a seguir esperando: demasiados años con esa espada de Damocles sobre mi cabeza. Sinceramente creo que eso no es calidad de vida. Por eso les propuse a los médicos la posibilidad de una mastectomía bilateral.

Alguien como yo, que he sido sometida a la quimioterapia, a la inmunoterapia, a mútliples radiaciones, incluida la del cerebro, a cirugía torácica, a autotrasplante de médula ósea y un largo etcétera, merece un poco de tranquilidad. Y, habida cuenta que mi propensión a repetir un cáncer de mama es bastante grande, propuse:

–¿Por qué no me proponen una cirugía radical ahora mismo en vez de esperar quince años?

El oncólogo me dijo:

–Bueno, eso es algo en lo que ya hemos pensado, pero eres muy joven para un tratamiento tan radical. Sí pensamos que probablemente habrá que hacerlo a los cincuenta años más o menos.

El ginecólogo añadió:

–Yo, si te quito el pecho, te quitaría los ovarios también. A ti no te hacen falta para nada, no cumplen ninguna función. Y cuando el tumor aparece en las mamas, puede aparecer en los ovarios también.

Tenía razón. Cuando me hicieron la cesárea para el nacimiento Fernando, la idea de que me ligaran las trompas constituía un conflicto moral para mí. Pero luego me explicaron que era muy difícil que volviera a tener una menstruación. Y así fue. De modo que no tenía más posibilidades de quedar embarazada.

Pero el oncólogo volvió a intervenir:

–Bueno, lo que pasa es que cuando propones que te hagamos una cirugía radical estás imaginando una operación que probablemente es distinta de lo que piensas. Cuando hablamos de una mastectomía radical nos referimos a quitar todo lo que es tejido mamario, la glándula mamaria entera, incluidos pezón y areola. Hay varios métodos: por ejemplo, se rota el dorsal de la espalda hacia delante. Otras veces se utilizan los músculos pectorales.

Yo había propuesto una cirugía radical porque me daba exactamente lo mismo perder el pecho. Estaba dispuesta a sacrificar el pecho a cambio de calidad de vida. Si mi destino era ser una *amazona*, ¿qué le íbamos a hacer? Pero después de oír lo de la «rotación dorsal» -lo que me hizo pensar en esas figuras de Picasso que están como retorcidas-, ya empezaba a arrepentirme de lo que había planteado.

De todas maneras seguía pensando: ¿por qué esperar a los cincuenta? Lo que quiero es llegar a los cincuenta, me da igual cómo, con o sin pecho, y lo mejor reconstruida posible.

Para muchas mujeres, perder un pecho o los dos supone un desequilibrio psicológico brutal, pero creo que éste no era mi caso. Lo único que quería era albergar la seguridad de que no voy a tener que estar pendiente cada día, cada mes, de ver si encuentro algo sospechoso o no, porque entonces voy a convertirme en una hipocondríaca.

Porque en realidad advierto que nunca he tenido ninguna seguridad. Que estoy siempre pendiente de que me suceda algo inesperado. Porque lo primero que dijeron los médicos, cuando vieron este último tumor, fue:

–Ha aparecido demasiado pronto.

–Pero ¿cómo? –pregunté yo–. ¿Es que esperabais esto?

Pues sí que lo esperaban, pero yo nunca supe que lo esperaban. Menos mal que no era una metástasis. Se trataba de un tumor originario, pero agresivo. Es decir, que si por casualidad aquella noche no me lo hubiera tocado, si no se me hubiera enganchado el camisón, aquello se habría agravado rápidamente por su carácter agresivo. Y en marzo, que era la siguiente revisión, Dios sabe lo que hubiéramos encontrado.

Con los años he aprendido a tantearme, a tocarme, a cartografiar digitalmente mi cuerpo, casi como una ciega que se abre paso por una habitación a oscuras, palpando las paredes, los muebles, las puertas... Pero tengo tantas cicatrices, tantas zonas radiadas, que la exploración que hago se complica, siempre encuentro alguna dureza, algo que me asusta y, por tanto, prefiero no palparme yo misma.

En cierta forma esto es como los partos. Al primer parto vamos aterradas porque no sabemos lo que va a pasar y todo lo que hemos oído es espeluznante. Y al segundo vamos sabiendo más, por tanto, de alguna manera, todavía con más miedo, porque ya sabemos lo que es.

Sin embargo, he tratado de mantenerme serena a lo largo de todo este proceso. Por supuesto, cada vez sé más de este tema, cada vez me cuentan más cosas, cada vez leo más cosas por mi cuenta. He leído mucho, he hablado más, y ahora puedo discutir con los médicos con más información.

Ahora sin embargo, afrontaba una situación más difícil. Junto a mi historia estaba ahora también lo de mi madre. Después de haber pasado años y años con un miedo sobrecogedor, todo el día tocándose, todo el día haciéndose pruebas en el ginecólogo, y que de repente me sucediera a mí y no a ella, que era la que estaba preparada, fue algo que la dejó fuera de juego por completo. Ella me contaba que cuando le dijeron que yo tenía cáncer, rezaba pidiéndole a Dios: «Dios mío, limpiala, déjala limpia. Quítale a ella la enfermedad y dámela a mí». Yo la miraba asombrada, y le decía: «Mamá, por Dios, no pidas eso, que te lo dan. ¿Para qué lo quieres tú si ya lo tengo yo? Y te aseguro que no quiero bajo ningún concepto que ni tú ni nadie más lo tenga».

Y al final se le declaró la enfermedad. Y lo ha asumido con una tranquilidad pasmosa, sin miedo, con un aplomo desconcertante, como si por fin la hubieran liberado de ese peso que ella venía soportando desde hacía tanto tiempo. Casi podría decirse que estaba contenta con el cáncer.

En ocasiones, mi madre y yo hemos coincidido en el mismo hospital, internadas en la misma habitación. Para mi padre ha sido durísimo. Ver en la misma clínica a sus dos amores le ha hecho envejecer. Pero nosotras en el hospital tenemos tantos amigos que nuestra habitación es un entrar y salir de gente constante. Y cuando no nos vienen a ver, somos nosotras las que vamos haciendo amistades por todas las plantas, lo mismo entre los enfermos que entre las enfermeras.

Son amistades insospechadas, que en otras circunstancias no hubiéramos soñado tener. Personas con las que aparentemente no tenemos nada que ver, pero con las que estamos vinculados de un modo visceral, entrañable, por el nexo que establece entre nosotros la enfermedad en forma de nuevos lazos de solidaridad. Algunas de esas amistades se han prolongado más allá de los períodos de hospitalización, y he asistido a sus bodas, he salido con ellos a comer y a cenar por ahí, o he ido a sus casas. Si alguna cosa tengo que agradecerle a esta enfermedad es que, lejos de perder amistades, las he multiplicado .

Ante el hecho de que mi abuela, mi madre y yo hayamos padecido la misma enfermedad, resulta lógico preguntarse hasta qué punto mi cáncer era una herencia genética. Al principio mi madre y yo nos hicimos las nuevas pruebas para saber si éste era nuestro caso. Los médicos, basándose en los resultados de las pruebas, afirman con rotundidad que mi cáncer no es hereditario, que no pasó de mi abuela a mi madre y de mi madre a mí, como cabría suponer. Porque en realidad soy yo la que da riesgo.

Al igual que la mayoría de la gente, yo siempre había pensado que eran las personas mayores las que legaban el cáncer, pero los médicos me dijeron que quien realmente transmite el riesgo a sus descendientes es una persona premenopáusica. En ese caso, mi abuela no pudo trasmitirlo, porque enfermó siendo ya mayor y murió a los sesenta y ocho años, que ahora es ser joven, pero en aquella época era ser bastante mayor. Ni mi madre tampoco pudo trasmitirlo, porque enfermó ya con sesenta años.

Por lo tanto, realmente soy yo la que transmite el posible riesgo. Desafortunadamente, se saben pocas cosas sobre las causas que pueden provocar el cáncer y ayudarnos a prevenir la enfermedad. Está comprobado, por ejemplo, que las cosas quemadas, el arroz que raspamos de la paellera –ese que a mí me gusta tanto–, todo lo que es negro, chamuscado, es cancerígeno. También se ha dicho que las torres de alta tensión, los postes de telégrafo y cosas así producen cáncer. Pero no hay que dar crédito a todo lo que se oye. Circulan muchos rumores infundados, o cuando menos no demostrados. Con respecto al tabaco, estoy segura de que mis hijos no fumarán. Por suerte para ellos han nacido dentro de otra cultura. Pero yo soy de otra generación: si pudiera, me fumaría un puro ahora mismo.

Por lo demás, trato de llevar una vida normal. Tengo muchas ganas de divertirme, de salir, de distraerme. Mi sonrisa no me ha abandonado. Por las mañanas me despierto y digo: «¡Gracias Dios mío! ¡Estoy aquí otra vez!». Cada minuto del día lo disfruto y pienso en la suerte que tengo. Porque en cada minuto cabe toda la suerte del mundo. Todos los días, antes de ir a trabajar, me despido de los niños cuando se van al colegio, y es uno de los mejores momentos del día.

El otro día fui a mi oficina, en la revista *¡Hola!*, con el drenaje colgando en la bolsa, y me senté a la mesa para ponerme a trabajar. Asombrados, mis compañeros y compañeras me dijeron: «¿Tú estás loca, por qué has venido? Deberías haberte quedado en casa». Y yo les dije: «En mi casa, yo sola, me aburro muchísimo».

Sólo trabajo por las mañanas, y aún así les sorprende mucho. Con esta enfermedad hay dos opciones: una, que es muy cómoda, es meterse debajo de la mesa, decir: «Me ha tocado. Dejadme en paz»; la otra es enfrentarse al cáncer: al principio es más difícil, pero la calidad de vida es superior. Si hay que morirse, pues se muere, pero mientras tanto hay que vivir intensamente.

De todas maneras, hay momentos en que no quiero saber nada de nadie, ni ir a Pamplona nunca más en mi vida, ni volver a pisar un hospital. Sin embargo, luego reanudo mi particular safari hospitalario. Como es natural, tengo mis altibajos de ánimo, épocas mejores y épocas peores. Como la pleamar y la bajamar.

Alejandra tiene ahora diez años y está espléndida. En cuanto a Fernandito, que tiene ahora siete años, es normalísimo, sanote y bruto. A veces lo miro y digo: «¡Dios mío, hubo un momento en que nadie daba dos duros por este crío y fíjate ahora!». Me tiene completamente hechizada. Y no es porque sea el hijo de la enfermedad, el «niño milagro», como yo le llamo, sino porque es idéntico a mi padre. El niño no ha recibido un trato particular, ni ninguna protección especial por el hecho de haber nacido en medio de mi enfermedad.

El año pasado realizaron un estudio con cincuenta embarazadas con tratamiento de quimioterapia –entre las que yo me encontraba– para conocer el historial médico de los niños, para saber cómo habían evolucionado.Y todos los nacidos en esas condiciones eran normales, ninguno había tenido problemas salvo uno, que era sordo, pero que entraba dentro del porcentaje normal de niños que nacen sordos, sin que eso tuviera nada que ver con la quimioterapia.

Pero vuelvo a mi historia. Yo estaba muy tranquila después de la operación en la que me quitaron el último tumor, pero iba pasando el tiempo y no acababa de llegar la contestación al informe que habíamos enviado al doctor Peters pidiéndole su opinión sobre lo que me había sucedido.

Cuando llegó su contestación nos quedamos todos de piedra. Era partidario de dar varios ciclos de quimioterapia y recomendaba además la radioterapia ya indicada con anterioridad por el doctor Antonio Brugarolas. Yo ya había aceptado y asumido que tendría que someterme a un tratamiento completo de «radio», pero también sabía que la quimioterapia no estaba indicada por varias razones: el tumor sólo medía 0,9 cm y el límite para dar quimio es de 1 cm. Estoy de acuerdo en que la diferencia es mínima, pero ése es el límite con el que se trabaja.

Ante este cambio de situación decidimos hacer nuevas consultas. Las respuestas fueron llegando y todas coincidían. Todos los médicos consultados eran partidarios de dar quimioterapia.

Así las cosas, Antonio Brugarolas me explicó que todos pensaban que me iba a aportar poco en términos de porcentaje, pero que aun así preferían indicarla. Me dijo que su postura seguía siendo la misma pero que debía, después de las consultas realizadas, recomendarme la quimioterapia. Me habló entonces de un nuevo tipo de adriamicina distinta a la que ya me habían dado la primera vez y que tenía menos efectos secundarios, entre otras cosas, no se caía el pelo. Eso me animó mucho y decidimos que me sometería a un tratamiento con adriamicina liposómica a aplicar en cuatro o seis ciclos.

El 9 de marzo llegamos a Pamplona a las cinco de la tarde para entrar en quirófano y colocarme un «portacat» a través del cual me introducirían la medicación. Estaba muy nerviosa, me parecía que aquel tratamiento no era necesario y estaba un poco rebelde. Estuve hablando con Antonio Brugarolas sobre la necesidad real de seguir adelante o no.

A las siete y media nos avisaron de que uno de los quirófanos había quedado libre. Cuando llegó el camillero y le dieron mi historial para que lo bajara conmigo, se quedó pasmado al cogerlo. Tanto que exclamó: «¡Qué barbaridad!». Era un historial tremendo para una persona de cualquier edad; a la mía, resultaba increíble.

Al llegar al quirófano lo primero que hice fue preguntar por el anestesista, que me dijo que sólo me pondría un poco de sedación. Yo me resistí, pues prefería anestesia general.

La operación consiste en colocar un catéter en una vena con grosor suficiente para poder introducir toda la medicación que sea necesaria durante el tratamiento.

Hora y media después salía del quirófano consciente y muy contenta, no había notado ningún dolor y creía que ya había pasado lo peor.

Después de pasar un rato en la sala de despertar, me subieron a la habitación donde me esperaban la cena y la «quimio».

Nada más llegar, me «enchufaron». No habían pasado cuatro gotas de medicación cuando empecé a sentirme fatal. Se me hincharon la cara y los ojos, me puse roja como un tomate, las plantas de las manos y de los pies me escocían y me picaban como si me clavaran miles de agujas diminutas, la cabeza me daba vueltas y empecé a hablar raro y a tener dificultades para respirar.

Enseguida me cortaron la medicación y empezaron a administrarme Polaramine... Me colocaron una máscara de oxígeno y poco a poco me fui tranquilizando. Había sufrido una reacción alérgica brutal e incluso había tenido un principio de edema de glotis, una hinchazón de la garganta que impide tragar y respirar y que puede ser muy grave. Cuando me recuperé tenía 8/4 de tensión y me encontraba muy mal. Decidieron dejarme dormir y descansar para volver a intentarlo a la mañana siguiente.

El doctor Brugarolas estaba bastante preocupado y sorprendido. Por la mañana, a las ocho, ya estaba en mi habitación explicándome lo que había ocurrido. La reacción había sido tan rápida y tan fuerte que no se atrevían a ponerme de nuevo en el riesgo de otro episodio alérgico que podía tener consecuencias muy graves. No me preocupó demasiado porque siempre había opinado que este último tratamiento de quimioterapia no era estrictamente necesario, pues me aportaba una probabilidad mínima de curación.

Esta vez me notaba mucho más tranquila que en las anteriores ocasiones. Estaba en la habitación de la clínica como si estuviera en la gloria. No me entró la llorera de la primera vez. Podía haberme desahogado llorando, y sin embargo no lo hice. ¿Cómo era posible que me diera igual? No era normal que no me impresionara lo más mínimo. ¿Por qué no estaba nerviosa, por qué no estaba preocupada, por qué no estaba intranquila? Yo misma no salía de mi asombro.

¿Me habría acostumbrado tanto a esta vida de eterna paciente, habría convivido tanto tiempo con esta enfermedad que se ha llegado a convertirse en una especie de estado de ánimo, en algo así como una segunda naturaleza para mí?

No lo sé. Pero, en cualquier caso, es una suerte poder verlo así. Más que una suerte, es la dicha que, a pesar de los pesares, emana del afán de conservar la esperanza, del afán de luchar por la vida.

Mientras tanto, yo seguía consultando con mis médicos sobre la posibilidad de una operación más radical, pues era lo único que realmente me libraría de preocupaciones. Ya he dicho que ante esta posibilidad luchaban en mí dos sentimientos contrapuestos. Uno, el temor, la inseguridad ante una operación de tal envergadura, la extirpación del pecho. El otro, la tranquilidad de no tener que pensar más en mi pecho como en una fuente de peligro, de rebrote de la enfermedad.

Venció el segundo sentimiento, el ansia de no tener que pensar más en la enfermedad, al menos en el lugar donde suele aparecer. Así pues, finalmente, el 22 de marzo del 2000 tuvo lugar esa operación. Al principio estaba nerviosa, pero segura de estar haciendo lo más inteligente y lo mejor para mí. Entré en el quirófano a la una de la tarde y al despertar, cuando pregunté qué hora era, me contestaron «casi las diez de la noche». ¡La intervención había durado nueve horas! ¡No podía creerlo!

Me habían hecho una mastectomía bilateral y radical, y lo dejaron todo preparado para una futura reconstrucción. Me vaciaron todo lo que es tejido mamario, incluida areola y pezón. En mi caso, toda la zona estaba sobrerradiada y con muchas cicatrices. La solución fue colocar unos expansores debajo de los músculos pectorales y cerrar la herida. El objetivo que se persigue con ello es conseguir piel suficiente para cubrir la futura mama. Esto se consigue con un proceso parecido al de un embarazo. Se va inyectando paulatinamente en los expansores ya colocados ciertas cantidades de suero fisiológico que crean una cierta tensión en esa zona, aumentando la extensión de la piel.

El tamaño de la futura mama depende de varios factores: del tamaño corporal, del contorno torácico y del tamaña que cada cual quiera para la futura mama, esto último siempre que el médico considere factible y oportuna la elección del paciente. Cuando el pecho adquiere el tamaño deseado, se retiran los expansores y se colocan las prótesis definitivas de silicona (anatómicas). Este cambio se realiza en quirófano y bajo anestesia local.

Aquella primera noche del posoperatorio, me sentía mareada y con mucha presión y dolor en la zona torácica. Además, por primera vez me habían cogido una vía en el cuello directamente conectada a la yugular, para colocarme un catéter. Ni que decir tiene que los siete días que tardaron en quitármelo, no giré el cuello ni una sola vez. Sólo giraba los ojos como si se me fueran a salir de las órbitas.

Tumbada boca arriba en mi cama, sin poder dormir y con bastante dolor, no hacía más que preguntarme: ¿Habremos acertado? ¿Habremos tomado la decisión correcta? Estaba convencida de que habíamos hecho lo que había que hacer, pero el dolor y el cansancio podían conmigo y la debilidad alentaba mis dudas.

Esta operación me deparó otras pequeñas sorpresas desagradables. Me sorprendió, por ejemplo, el dolor en tres sitios que no esperaba. Tras nueve horas apoyando los talones en la misma postura, no podía soportar ni el roce de las sábanas. Lo solucionaron con una especie de taloneras forradas como de piel de borrego suave. Y eso fue un gran alivio.

Otra cosa chocante era el dolor que sentía al intentar doblar los brazos. «A cuento de qué», me preguntaba. Me explicaron que había pasado nueve horas con los brazos en cruz, y que esa era la razón por la que me dolían tanto al intentar moverlos.

El tercer dolor, quizá más bien una molestia, era la presión en el lado derecho del cuello a causa del catéter. Sentía tanto horror a que siquiera lo tocaran, que cuando el médico autorizó la extracción, yo me lo quedé puesto con el pretexto de que a lo mejor podían necesitarlo otra vez. Entre mi hermana Laura y una enfermera amiga me lo quitaron en contra de mi voluntad. Era una tontería por mi parte oponer resistencia a la voluntad de los médicos, pero sentía verdadero pánico a que lo tocaran. Mi larga experiencia como paciente me ha dado, es cierto, valentía ante muchas situaciones difíciles de afrontar, pero también me ha producido algún que otro rechazo visceral. Sea como fuere, más allá de mi experiencia subjetiva, la primera vez que me levanté de la cama me quedé sin habla: el dolor era brutal, recuerdo a mi marido enfrente de mí, y yo sin poder hablar, sólo derramando unos lagrimones como puños.

Al día siguiente mi hermana Laura se hizo cargo de mí. Todos los días me traía películas, me cuidaba y no se quejó jamás cuando la despertaba por las noches. A pesar de todo mi dolor, no podía parar de reírme con todas sus ocurrencias. Siempre, y en contra mía, me sacaba a dar un paseo por el pasillo donde yo me arrastraba como una procesionaria. No me perdonaba jamás y me obligó a hacerlo todos los días. Estoy convencida de que fue buenísimo para mi recuperación, pero me repateaba que me obligara a hacerlo porque el dolor que sentía era enorme.

Yo le decía a Antonio Brugarolas: «Me siento muy débil, yo no soy así, ¿qué me pasa?» Sólo hablar me cansaba. Por otra parte, estaba muy débil. Había perdido más de un tercio de mi sangre en la intervención. Me transfundieron dos bolsas de sangre y eso me ayudó a recuperar fuerzas.

Tenía «hospitalitis». El cuarto del hospital olía raro, la comida me daba náuseas, era imposible tragar nada... Tenía ganas de volver a mi casa, a mis niños, a mi marido, a mi cama, a mi almohada, a mis libros, a mi trabajo. Tenía ganas de dar punto final a este libro. Esa idea me alentaba y me daba también fuerzas. Se trataba del punto final de mi libro, que yo quería ver, y quiero seguir viendo, también como el punto final de mi relación con esta enfermedad.

Finalmente, después de una espera que se hizo larga, a los ocho días me dieron el alta y volví a Madrid. Mis hijos corrieron a abrazarme y apenas pude responder a su afecto, pues sentía tanto dolor que no podía estrecharlos contra mí. A duras penas podía esbozar un amago de abrazo, y ellos enseguida lo comprendieron y, aún ahora, cuando vienen a darme un beso, más que tocarme, me rozan.

En mi casa tenía que seguir mi recuperación. Pero como siempre, me precipité, y una semana después cogí una maleta y me fui a ver a mis padres a Mallorca. La maleta pesaba demasiado y enseguida se me resintieron todos los puntos.

Papá me estaba esperando cuando bajé del avión, enseguida solté la maleta y corrí a su encuentro. Estaba guapísimo, y nos abrazamos emocionados.

Alguien se hizo cargo de la maleta, y papá y yo nos dirigimos juntos y cogidos de la mano hacia el coche. Una vez más, su sola presencia fue para mí una de mis mejores ayudas, me dio un poco de su jarabe insustituible sólo con mirarme.

En cuanto a la reconstrucción, intentaré que resulte lo mejor posible. Evidentemente, no pretendo ser «Miss Topless», pero sí poder vivir sin complejos ni amarguras y, sobre todo, finalmente, sin miedo y feliz.

Ahora que me han sometido a una operación tan radical, espero tener en el futuro un poco más de tranquilidad y calidad de vida que en los últimos años. Y también espero, con mucha ilusión, poder asistir, como en años anteriores, a la Feria del Libro, adonde siempre acostumbraba a ir con mi madre, pero esta vez no como lectora, sino como autora. Quiero ver este libro allí expuesto: será como saber que en parte he exorcizado todos mis fantasmas, que toda esta historia será para mí sólo ya lo que encierren estas páginas. No más. A partir de ahora espero tener un poco más de tranquilidad y calidad de vida que en los últimos años; y poder contestar pronto a mi hijo la pregunta que me hizo la otra noche: «Mamá, y a ti, ¿cuándo se te va a curar el virus?».

Epílogo

por Antonio Brugarolas

Mariam es una persona que se crece de forma imponente en las dificultades, transmitiendo a su alrededor confianza y estímulo. En plena juventud, después de años de lucha y de tantos sustos, sigue siendo, en todos los sentidos, una mujer muy especial. Reacciona con igual o, si cabe, mayor vigor y rapidez que el primer día, sensata y serena, abierta para saber preguntar y valiente para oír cualquier contestación acerca de una enfermedad sobre la que casi siempre hay más preguntas que respuestas, que cuesta asumir y en la que hay que ser fuerte para vivir al día.

Mariam sorprende a todos cuantos tratan diariamente con ella por su conversación franca y directa, llena de naturalidad y de sentido común. Cuando relata sus experiencias y tribulaciones con el cáncer de mama conmueve de forma auténtica. No hace ningún tipo de concesiones y se muestra sin reparos tal como es. Y así también sucede con el personal de la clínica: enfermeras, secretarias y médicos. Ser así desarma, acorta distancias, invita a dialogar, a comprender. La relación que establece con personas desconocidas, a menudo con enfermos que desean hablar con ella, enseguida se convierte en una relación próxima, solidaria; compasiva pero animosa. Fiel a sí misma y a su propia vida, Mariam ofrece y reparte a su alrededor todo aquello de lo que dispone: fe para luchar con firmeza, optimismo para buscar la curación, o cariño para superar las dificultades. Aunque quizás íntimamente se considere a sí misma más víctima que protagonista.

En gran parte esa entereza le viene a Mariam de casta, de familia. No sólo porque ha heredado de sus padres –entre otras muchas bondades– su facilidad para comunicar, sino porque a su alrededor han formado un excelente grupo de apoyo privado –como ella le llama–, caracterizado por su generosidad y entrega. El repertorio es siempre en clave mayor. Para todos ellos compartir significa volcarse completamente en los malos momentos, disponer a veces un escenario ameno para ayudar a levantar el ánimo si éste decae mínimamente. También significa actuar con exquisita sensibilidad, anticipar deseos y necesidades. Y más que guardar una prudente distancia de escucha silenciosa, saber afrontar de manera natural, sin reservas, el delicado asunto que preocupa a la gente y domina su pensamiento. Entre todos, hábilmente y con buen humor, se aprestaban al debate de cualquier tema. ¡Qué tertulias tan entretenidas he visto surgir a partir de un recuerdo, o de un comentario banal de la vida diaria...!

La entereza de Mariam se debe también a su carácter abierto, luchador, a sus enormes ganas de vivir y a su todavía mayor capacidad de divertirse y crear un clima agradable a su alrededor. Al disfrutar con cosas sencillas, sabe aprovechar todas las ocasiones que se le brindan. Realmente necesita poco para ser feliz. Le gustan las personas tal como son, por eso comprende y acepta fácilmente a los demás. En relación a su familia inmediata –marido, hijos, padres y hermanos–, me atrevo a decir que su amor destila admiración y ternura. Quiero dejar constancia de una opinión que la define, aunque no recuerdo exactamente sus palabras. Le he oído decir varias veces que estaba encantada de que todos a su alrededor la superasen en tantas cosas, que se sentía feliz de saberse la más insignificante. Por otro lado, en su adaptación a los hechos resulta fundamental, cómo no, su fe en Dios. Con Él ha establecido una relación de confianza que, como ella reconoce, se ha ido fortaleciendo a través de los años y de las vicisitudes.

Mariam aporta muchas cosas con este libro. A quienes puedan entender –si comparten su enfermedad– la forma en la que ella ha conseguido superar todas las dificultades, les aportará seguramente alguna nueva perspectiva. Y quizás también les ayude a reforzar algunas ideas que seguramente aparecerán ante cada uno como si de un descubrimiento personal se tratase. Y a los que, cerca de algún enfermo, han de prodigarse en atenciones y consuelos, les puede proporcionar una visión coherente de la realidad aplicable también en otros entornos igualmente difíciles.

También es una contribución destacable desde la perspectiva de un médico, porque transmite valores y convicciones profundamente arraigados en nuestra cultura mediterránea. Es una respuesta sabia a muchas cuestiones que plantea la enfermedad y, para muchos de nosotros, una respuesta preferible a modelos importados de otros pueblos y culturas occidentales. El libro es, en cierto modo, una lección y un reto para el personal médico: tenemos que aprender y enseñar, resaltar lo que vale la pena y puede ser útil a otras personas que están tratando de superar los mismos problemas. El sufrimiento es cosa del alma: por eso necesita remedios especiales, que adoptan la forma de apoyo personal, afecto u oportunidades de evasión. Tener con quien poder hablar, rezar y, si conviene, también llorar.

Por eso, por ejemplo, para todos nosotros una de las cosas más importantes es contar con el soporte familiar, y ello, como tantas otras ideas, emerge de la lectura del libro.

Por todo lo dicho, el relato me ha impresionado. Estoy convencido de que todos los lectores que hayan llegado a estas líneas compartirán mi opinión.

En nombre de todos muchas gracias, Mariam, por tu audacia al escribir este libro.

Índice

AGRADECIMIENTOS

A don Amador Sosa, don Francisco Errasti, don Juan Carlos Martín, don Miguel Ángel Monje y a los doctores Alcina, Bazán, Berián, Brugarolas, Errasti, Fernández-Hidalgo, Herranz, Herreros, Laparto, Lecumberri (†), Llorens, Lucas, Madrigal, Paloma, Panadero, Peco, Pedrosa, Peters, Puello, Quintanilla, Ritcher, Salgado, Solano, Vera, Villa, Zubieta.

A Josefina Escós, Carmen López, Rosa Vallés, Conchita Barros, Arancha Larrea, Beatriz Paloma, Maite Larrea, Mª Ángeles, Iosune, Sonia, Merche, Mª José, Maite, Carmen, Pilarcho, Teresa Espadas, Tania, Loly, Araceli, Beatriz V., Ana G., Elena C., Esperanza, Aurora, Beatriz O., Miriam, Beatriz E., Mª Jesús, Yolanda, Carmen, Begoña, Ana, y a todas las enfermeras que nos han atendido en las UCI y los departamentos de Radiología, Ginecología y Oncología de la Clínica Universitaria de Pamplona.

Muchas gracias también a Concha Larrinaga, Mari Cheli, Raquel, Socorro Ruiz y un recuerdo muy especial para camilleros y enfermeros.

A mis hermanos Adolfo e Isabel, Laura, Sonsoles, Javier y Sergio.

A mis amigos Mercedes Junco Calderón, Eduardo y Carmen Sánchez Junco, José y Fernando Alcón, la Tita, Emilio y Mª Teresa Vera, Antonio y Concepción Brugarolas, Javier y Ana Ansuátegui, Arturo y Rosa Matarranz, Fran y Sandra Romero, Ina y Alberto Casanova, Nacho y Teresa Matarranz, Joe y Mª Rosa Martínez, Ana y Ricardo Egea y Esperanza Salas.

Muchas gracias también a Hans Meinke, mi editor, a Juan Díaz y a Manuel Pereira. Sin su trabajo y esfuerzo estas líneas nunca hubieran visto la luz.

Diseño: Norbert Denkel
Fotocomposición: Domingo Romero
Producción: Sebastián Acosta
© María Amparo Suárez Illana, 2000
© Adolfo Suárez, por el prólogo, 2000
© Antonio Brugarolas, por el epílogo, 2000
© Galaxia Gutenberg, S. A., por esta edición, 2000
© Círculo de Lectores, S. A. (Sociedad Unipersonal), por esta edición, 2000
Impresión y encuadernación:
Printer industria gráfica, S. A.
N. II, Cuatro caminos s/n,
08620 Sant Vicenç dels Horts

GALAXIA GUTENBERG, S. A.
Passeig Picasso, 16, 08003 Barcelona
CÍRCULO DE LECTORES, S. A. (Sociedad Unipersonal)
Travessera de Gràcia, 47-49, 08021 Barcelona

1 1 1 3 0 0 0 5 1 2 1 0

Depósito legal: B-13737-2000
ISBN Galaxia Gutenberg: 84-8109-295-9
ISBN Círculo de Lectores: 84-226-8329-6
N.º 34496
Impreso en España